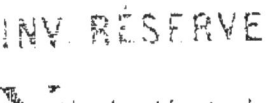

Réserve.

LA MORT

DE

THEANDRE

Ou la Sanglante Tragedie de la
Mort & Passion de Nôtre-Seigneur
JESUS-CHRIST.

Enrichi de six Cantiques Charmens.

Avec le Massacre des Innocens.

sur l'Imprimé,

A PARIS.

ACTEURS.

CAIPHE, Prince des Prêtres.
CRIPHAR, Prêtre.
RABAM, Prêtre.
SUBACH, Prêtre.
ROSMOPHIM, Prêtre
JORAM, Scribe.
Joseph, Scribe.
Samech, Pharisien.
JESUS principal Personnage.
S. Pierre, Disciple.
S. Jean, Disciple.
S. Jacques & le reste des Disciples.
Judas Traître.
UN ANGE.
Le Capitaine de Jerusalem.
Mosse, HIBRIN, Zaic, Malchus, Orchat,
    & autres Soldats.
Deux Huissiers. Un Fermier. Un Marchand.
    Un Jardinier. Un Laboureur, & autres
    Temoins.
Pilate, Gentil, Gouverneur de Judée.
Sille, Gentil, Confident de Pilate.
Herode, Juif, Roy de Galilée.
Le Centenier, & ses Soldats.
Veronique, Dame de Galilée.
Salomé, Dame de Galilée.
Joseph D'Arimathie,
Nicodème,
Disciples secret de Jesus.

      La Scene est à Jerusalem.

LA MORT DE THEANDRE;

OU

LA SANCLANTE TRAGEDIE

DE LA MORT ET PASSION

DE NOTRE-SEIGNEUR

JESUS-CHRIST.

ACTE I.

SCENE PREMIERE.

CAIPHE, Les Prêtre, Les Scribes & les Pharisiens tiennent Conseil touchant Jesus-Christ.

CAIPHE Propose.

SEIGNEVRS, qu'en dites-vous ? que
  pretendez-vous faire ?
Pour moi je ne suis plus résolu de me taire
De voir sans murmuré un tel dérèglemêt
C'est être sans esprit, sans cœur, sans jugemêt,
Peut-on s'imaginer attendat plus inique :
Qu'un homme de néant, le fils d'un mécanique
tend, malgré nous aujourd'hui son credit,
A tel point que le Nôtre en demeure interdit,

Quoi ! ne voyez-vous pas où ce trompeur aspire,
Qu'il à pris sur nos gens un souverain Empire,
Que le monde le court, que le peuple le suit,
Et que si votre soin d'abort ne le poursuit,
S'il ne rond les desseins, il aura telle vogue,
Que bien-tôt on verra tombé la Synagogue ?
Vous en voirez l'éfet, nous en aurons l'affrons
Au mépris du bandeau qui me couvre le front,
Vous seré dans l'oubli, sans vœux & sans oferte
Le Temple sera clos, Vos écoles déserte,
Vos nobles qualitez dans les meilleurs esprits
Ne vous feront passer que pour gens de méprise.

                RIPHAE , Prêtre.

Il est vray qu'on ne peut s'arrêter sur la place,
Pour le bruit impertun de Nôtre populace,
L'un parle de ses mœurs, l'autre de son sçavoir
L'autre, nos Docteurs n'ont pas tant de pouvoir.
Vn autre, il ma guéri; l'autre ô quelle merveile,
Il vient de rétablir ma bouche & mes oreilles,
L'autre, j'étois aveugle, il ma rendu les yeux ;
Celuy-cy marche droit, un tel se porte mieux,
Enfin, c'est maintenant ce qui donne matiére,
Et fournit d'entretien aux gens de ce Pays,
Gens que la nouveauté rend toûjours ébahis.

                RABAM , Prêtre.

N'êtes-vous pas surpris, Seigneur de sa conduite
Qu'il faille à ce pu'il dit , pour être de sa suite ,
Abhorer ses parens & ses meilleurs amis,
Chérir & caresser ses plus fiers ennemis ,
Leur procurer du bien , & du mal à soi même !
N'est-ce pas là , Seigneur , une folie extrême !
De plus , voulez-vous voir côme il se contredit,
Remarquez ce qu'il fait & voyez ce qu'il dit ,
Qu'il faut pour se souver se priver de la vûë,
Il la rend tous les jours à ceux qui l'ont perdûë ,

Qu'il faut couper ſes mains, qu'il faut rétran-
    cher ſes pieds,
Il en donne l'uſage à tous nos eſtropiez ;
Qu'il faut enfin pour lui, perdre juſqu'à la vie ;
Il là remet au corps d'où l'ame là ravie,
Qu'ſa Doctrine eſt fauſſe où ſes faits daugereux ;
Puiſqu'obligent un hôme il le rend malheureux
Et voilà néanmoins ce Maiſtre Philoſophe.

SVBACH, *Prêtre.*

Seigneur, ſi vous ſçaviez côme il vous apoſtroſa-
Vous ne ſçauriez penſer des nobles qualitez,
Dont il va rélevant vos ſaintes dignitez :
Si vous ſçaviez enfin les riches Epithetes,
Dont il uſe en public pour montrer qui vous êtes
Comme il vous décrie en toutes les Maiſons,
Comme il vous fait paſſer dans ces comparaiſôs
Vous auriez de l'horreur, car cette médiſanſe,
Me fait changé de face au moment que j'y pêſe,
Ils reſſemblent, dit-il, aux tombeau réblanchis
Superbes par déhors, d'ouvrages enrichis,
Mais qui n'ont au dedans que vers & pourriture,
Qui s'aviſa jamais d'une telle impoſture ?
Tantôt il vous compare aux arbres dont le fruit
Improprे à l'eſtomach, le pert & le détruit :
Tantôt vous êtes fols, & tantot hypocrites,
Qui ne faites jamais rien de ce que vous dites,
Tantôt ambitieux, avares & menteur,
Qui réchcrchez de tous & partout les honneurs
Tantot il vous appelle engeance de viperes,
Qui courez à la mort ſur les pas de vos peres.

ROSMOPHIM, *Prêtre.*

Seigneur je ſuis d'avis qu'on perde ſes ſuppots,
Qui, contre ſa doctrine & ſes mêmes propos,
Devant ſes actions vont ſonner la fanfare,
Mais principalement prenez-moy ce Lazare,
Qui pour avoir été délivré du tombeau ,

Par cet enchantement lui porte le flambeau ;
On voit auffi fouvent ce miferable aveugle,
Paffer par nos quarriers qui criaille & qui beugle
Mais nous ne l'aurions pas entendu ce jourd'nui
Si nous n'avions été plus aveugle que lui,
Quant au lieu de le prendre, après fon dialogue
Nous le chaffames hors de Notre Synagogue.

JORAM, *Scribe.*

Quoi donc foufrirons-nous ce nôbre de coquins
Kamaffez la plûpart d'entre les Publiquains ;

SAMECH, *Pharifiens.*

Seigneur je fuis d'avis qu'on lui faffe défence,
De plus dogmatizer, vous en avez puiffance,
Que s'il bouche l'Oreilles aux Avertiffement,
Ou qui viene aux mépris de nos Commendemens
S'il ne ceffe d'agir & ne voüille fé taire,
Il faut abfolument, que comme réfractaire,
Nous bandions contre lui nos plus ferme reffors
Afin de le furprendre & le faifir au corps.

JOSEPH, *Scribe.*

Seigneur, vous perdez tout fi vous le laiffé vivre
Nous voyons en effet tout le monde le fuivre,
Nous fommes défunis, & l'Empire Romain,
Pourroit bien cependant faire un coup de fa main
Qui fçait que ce n'eft pas une adreffe de Rome,
Qui pour vous fuplanté ait apofté cet homme
Et pour mieux arriver à fa prétention,
L'ait pris tout à deffein dans cette Nation ;

ACHAIAS, *Pharifien.*

Rien ne peut empeché qu'il ne fe rende maître,
Si vous ne défendez les Loix de vos encêtres,
Si vous ne combattez Pour Vôtre liberté,
Vous fouffrirez encore une Captivité ;
Tout le monde le fçait, l'Aiftoire en eft écrite
Nous avons habité quatres cens ans l'Egypte,
Septante, Babilone, & prés de cinquante ans,

Le pàyis enuuyeux dès Mèdes & Perfent ;
Et Nous allons encore entrer en efclavage .
Pour ne pas s'oppoler à fe beau perfonnage.

CAIPHE.

Puifque il faut terminer cét utile entretien .
Et quaprés vos avis je donne auffi le mien :
Il eft plus à propos qu'un feul homme patiffe,
Que le voulant fauver , Tout le peuples pétiffe
Partant & Vous & Moi faifons Nôtre pouvoir,
Par force où par addreffe il nous le faut avoir
Huiffiers qui conoiffé quel grand mal en réfulte
Tâchez de l'attraper , mais gardez le tumulte ,
On agit doublement agiffans à propos :
C'eft pour Vôtre interêt & pour Notre répos.

Les Huiffiers.

Seigneur nous tâcherons.

SCENE II.

JESVS prépare fes Difciples , & les entretient de fa prife , leur prédifent ce qui doit arriver.

JESUS.

Amis , prenez les Armes ,
Allons affûrément au devant des allarmes ;
Affrontons l'ennem s , prévenons les dangers ;
Les coups prémédités femble bien plus légere,
Mais hélas ! je vous plains Troupe pufillanime ,
Qui devant les combats ; ufquels je vous anime;
Paroiffez réfolus , & qui dans un moment,
Avant le moindre affaut , fuirez fi lâchement ,
Pendant que des foldats , eû plûtôt des furies
Me feront le fujet de leurs Bouffonneries :
Pendant que fur mon dos cette er gance de loups
Fera tomber un nombre innombrable de coups
Pendant que vos pechez , & mon amour intime,
De mon Corps fus le bois feront une Victime

Ainſi parmy les Champs quand le Tigrologue
Où bien l'Ourſe cruelle attaque le Berger,
Les troupeaux étoné ſans ordre & ſans conduite
Vont errant ou la peur leur fait prendre la fuite
Mais fuyez, je le veux.

S. PIERRE *Au Nom des Apôtres.*

　　　　　　Qui fera-ce, Seigneur ;
Qui pourra d'entre nous avoir ſi peu de cœur ;
Te quitter au beſoin ! Ce langage m'étonne :
Entre mes Compagnons je ne connois perſoné
Tous ſont prêts de périr ; je répondrai pour eux
Je ſçai leur volonté, leur promeſſe & leurs vœux
De te rendre à jamais de fidéles ſervices ;
Leur maintien ſeulement m'en donne des indices.

JESUS.

Pierre, on voit bien ſouvêt le ſoldat vigoureux
Son Capitaine à bas, devenir langoureux,
Et celuy dont les bras promettoient la défaite,
Accorder à ſes piés une lâche Retraite.

S. PIERRE.

Oüi, Seigneur, mais aprés tant de difigultez ;
Qu'ils t'ont vû ſurmonter, & qu'ils ont évitoze
Ayant vû tant de fois en tes mains la Victoire
T'abandonner, ainſi, je ne le ſçaurois croire,
Mais que tous faſſe bréche à leur fidélité,
Qu'ils perdent en fuyant leur Noble qualité ;
Je te jure aujourd'hui que je ſuis ton Apôtre ;
On peut jurer de ſoi ce qu'on promet dês autres.

JESUS.

Pierre, n'en jure pas ; l'hôme à châque moment
Eſt de ſon naturel ſujet au changement :
Je dirois bien un mot, mais hélas ! je ſoûpîre.

S. PIERRE.

Pourquoy ? dites-lé, Seigneur.

JESUS.

Tu Peras.

PIERRE.   Quoy,

JESUS.

Bien pire

Avant que cét oiseau qui raméne le jour,

Ait annoncé deux fois son aimable retour,

Je te voi, Malheureux avoir bien l'assûrance,

De rénier mon Nom trois fois en ma presence,

S. PIERRE.

O Dieu, quel coup de foudre, & quel étonemét

Me vient saisir le cœur ¡'en perds tout sentimét

Te nier, Seigneur, seroit il bien possible ;

Ha? Dieu: que ce discour m'est incôprehensible

Que je puisse tomber au premier de mes pas,

Que je puisse tomber & n'en réléver pas ;

Avant de commettre un si notable crime,

Mais helas ! qu'est-ce ci ? quoi donc ; & qu'elle

esttim ;

Qui t'oblige à former de moi tel jugement ;

Moi, moi. qui t'ai promis d'agir fidélement,

Si le nom bien souvent convient avec la chose ;

On en verra l'efet en ce que je propose :

Je ne me vente point car je fais si je dis

Ne te souvient tu pas que toi même jadis.

Toi-même m'assuras que j'éttois une Pierre ;

Que l'Enfer contre moi ne seroit que de verre,

Que sur moi l'on verroit pour une éternité :

S'elever des Autels à ta Divinité :

Que j'avois pour jamais les Clefs de ton Empire.

Aprés telle raison si l'on trouve à rédire,

Juge de ma réponse ; il y a quelque Mois

Quand tu me démanda trois fois si je t'aimois,

Ne l'assûrai-je pas ? que pour ta défense,

La vie étoit en moi de fort peu d'importance,

Juge au détachement de tous mes interêts,

De mes propres Patens, mes Poissons & mes rets

Et que si pour jamais j'abandonnai ma barque,

B

Ce fut pour ten donner une autentique marque.
I E S U S.
Pierre on verra bien-tôt détrange changement,
S. P I E R R E.
je ne crains pas le diable & tous ses instrumeent
Avant qu'on puisse voir ta liberté ravie,
Il faudra que je perde & mon glaive & ma vie ;
pour toi je souffrirois les prisons &   les fers
Les plus rudes tourmens, eux même des Enfer.
I E S U S.
Pierre, encore une fois ? tu te fais bien habile,
L'esprit est vigoureux ; mais le corps est débile :
Suivons nôtre chemin, on verra dans le tems,
Si tu feras pour moi, quelque coup importans.

SCENE III.

J U D A S se vient offrir aux Prince des Prêtres
pour leur livrer Jesus CAIPHE, les Prêtre.
C A I P H E.
S Eigneur j'ai rencontré depuis nôtre assemblé
  Cet homme infortuné, de qui l'ame troublé
Ayant quelque secret à me déclarer,
M'a prié de l'entendre & vous en communiquer.
J U D A S.
Seigneur, à qui la loy touche autant que la vie,
Qui souffririez plûtôt qu'elle vous fût ravie
La perte de vos biens, les tourmens & la mort
Ecoutez, s'il vous plaît & voyez si j'ai tort ;
Je sçai qu'un serviteur parlant contre son Maître
Souvent se voit traité de perfide & de traître ;
Mais je sçai bien aussi qu'aux dépens de la Loi
Il n'est jamais tenu de lui garder la foi.
J'ay depuis quelque tems suivi ce faux Prophête
(Vous sçavez quel il est sans autres manifeste)
Il m'avoit attiré par un sort captieux,

Mais Dieu par sa bonté me décillant les yeux,
M'a fait voir les erreur de sa fausse Doctrine,
Le fiel que contre vous il couve en sa poitrine
Le mépris de la Loi, du Temple, & des Autels
(Crime qui ne tomba dans pas un des mortels).

CAIPHE.

Hé bien mon cher ami, n'as-tu pas autre chose
Nous ne savons que trop ce que tu nous propose
Et ne sçaurions douter qu'il est nôtre ennemi ?
Mais parles franchement tu ne dis qu'à demy,
Quel Reméde à ces maux !

JUDAS.

Toute la Medecine,
Seroit, à mon avis d'en ôter la racine.

CAIPHE.

Oüi, Mais par quel moyen ?

JUDAS.

C'est la dificultez,
Je pourrois toutefois dire sans vanité,
Qu'il n'y a que moi seul qui le puisse bien faire :
Si vous voulez donner . . . .

CAIPHE.

Feras-Tu cette affaire :

JUDAS.

Si la somme est honnête avant qu'il soit demain
Je me puis assurer de vous le mettre en main.

CAIPHE.

Va poursuit tes desseins, & ne change d'envie
Je vais le proposer à Nôtre Compagnie,
Sors pour un peu de tems.

SCENE IV.

Caiphe & les Prêtre, délibérent sur l'ofre de Juda

CAIPHE.

Seigneur, c'est aujourd'huy

Qu'il vous faut mettre fin aux soins & à lennui,
Qui trouble vos esprits puisque Dieu de qui laide
Ne nous manqua jamais, y veut mettre reméde
Pour moi j'ai toujours crû qu'on dévoit tôt ou
          tard,
Voir s'évanter la mine, & créver le pétard,
je ne routai jamais d'une telle avenüe:
Dieu qui de tout tems toute chose est connüe,
Sçait bien quand il lui plaît par de rares segrets
Attraper un Impie & rompre son progrés:
Mais il faut faire cours & venir à la chose,
Vous entendez assez ce que l'on vous propose;
Ne laissez échaper cette offre avec le vent,
L'occasion est chauve, & se prend pardevant.

JORAM.

Dieu, quel contentement, & quelle réjoüissance
Si nous pouvons l'avoir à nôtre joüissance.

SAMECH.

Seigneur souvenons nous de nous bien révangé
Rappellons en esprit la peine & le danger,
Où la vie exposoit l'honneur de nôtre Office.

ROSMOTHIM.

Se venger d'un méchant, c'est faire un sacrifice.

SVBACH.

S'il tombe entre nos mains ne lui pardonons pas
Il faut résolument qu'il en passe le pas.

RABAM.

Il faut sur son tombeau rétablir nôtre gloire,
Et pour en effacer promptement la mémoire,
En faire un holocauste au silence éternel.

ACHAIAS.

Hé! qui pourra douter qu'il ne soit criminel,
Quand on rémarquera ceux même de sa suitte,
S'offrir auvertement d'en faire la poursuitte.

RIPHAR.

Concluons donc, Seigneur, il s'agit seulement

De quelque récompense à cét engagement.

JOSEPH.

Donnons-luy vingt écus l'affaire est importante

CAIPHE.

Et si ce n'est assez qu'il en reçoive trente ;
Pour moi c'est mon avis , Seigneur qu'en dites-
vous ,   LES PRETRES.

L'avis est excellent; nous y concluons tous.

CAIPHE.

Huissiers faites le entrer.

SCENE V.

Caiphe & les Prêtres donnent trente deniers à
Juda pour son entreprise.

CAIPHE à Iudas.

HE' bien Ame fidéle ;
Tu persiste toûjours dans l'ardeur de ton zéle ,
Et moi j'atteste Dieu que tes nobles exploits ,
Te puissent réüssir puisqu'ils sont pour ses Loix ,
Trente piéces d'argens feront ta récompense ,
Tout à l'heure poursier , faites en délivrance ,
Cela n'emporte rien de l'obligation :
Qui nous reste a jamais de ton affection ,
Va-donc assurément , puisque la destinée ,
Veut faire en ta faveur une heureuse journée.

IVDAS.

Seigneur, laissez - moi faire avant qu'il soit
démain .
Trouvez-moi des soldats , je réviens dans une
heure ,
La fin de mon dessein en sera bien plus sûre ,
Car il faut éviter le tumulte & le bruit ,
Et chercher pour cela les faveur de la nuit.

ACTE II.

SCENE PREMIERE.

IESVS, S. Pierre, S. Jean, S. Jacques au jardin des Olives.

JESUS

AMis, c'est à ce coup mon ame est languissante.
Mes membres engourdi, ma face blemissante
Mes yeux à demy clos, mes pas démesurez,
En sont à mon avis des témoins assurés ;
Mille étranges objets me trouble la pensée,
Je ressens que nature en moi-même affaisée,
Sous le poids des ennuis, & dedans & déhors,
Fait joüer maintenant d'admirables ressords,
Les tourmens & la mort dont je voi les fentôme
Me font déja goûter de terrible symptôme ;
Le vaisseau sur les flots du fougueux élémens,
Ne ressent jamais un pareil mouvement,
Vous donc qui connoissé où la douleur me blesse
Amis, si vous m'aimez, soûtenez ma foiblesse
Nous somme soulagez en nôtre affliction,
Quand quelqu'un à pour nous de la compassion.

S. PIERRE.

Seigneur, je suis tout prêt à dépoüiller ma vie.

IESVS.

Ce n'est pas à mourir à quoi je vous convie.

S. PIERRE.

Quoi donc, qu'est-il besoin ?

IESUS.

Qu'ici tant seulement,
Vous daignez & veiller & prier un moment,
Soyez-vous cependant, je m'en vais ici proche,

Moi-même aussi prier à la prochaine roche,
sur tout ne dormez pas, mais soyez résolus ;

S. PIERRE.

je ne dormirai point.   S. IEAN.

Ni Moi.

S. IACQVES.

Ni moi non plus.

SCENE II.

IESVS Tout seul s'entretien dans la solitude.

CHarme de mes soucis, aimable solitude :
    Ou l'esprit agité Parmi l'inquiétude,
Peut récouvrer la paix, le calme & le répos :
    P'rmettez-moi ma chére Hôtesse,
    Qu'au plus profond de ma tristesse,
    je lâche ici quelques propos.
Cessez vos mouvemens, cessez machine ronde,
Qui traînez avec vous ces troupes vagabondes,
Ouvrez, ouvrez vos yeux, admiré mon malheur,
    Et toi qui me luis, ô bel astre,
    Considere un peu mon désastre,
    Et participe à ma douleur.
Vous qui vous ébattez à l'entour de ces feüilles
Dont les fobles combas chatoüilles les Oreilles
suporez mon tourmens, agréable Zéphirs,
    Et si la grandeur Vous oppresse,
    Adjoignez à Vôtre foiblesse,
    L'abondance de mes soûpirs,
Toi qui marque fort bien l'inconstance du monde
Cedron prête l'oreille, arrête un peu ton onde,
Puis poursuit ton chemin roulant jusqu'à la mer
    Et quand tu seras à ce goufre,
    Fais lui voir le mal que je soufre,
    Et qu'il n'y a rien de plus amer.
Et vous chantres des bois petit peuple volage,

Qui bien loin des foucis, à l'ombre d'un bocage
Mariez de vos chants les jours avec les nuits,
  Ceſſez vos tons & vos cadences,
  Où du moins que leur conſonances,
  S'accordent mieux à mes ennuis.
Mais hélas! je me Plains & perſonne n'écoute,
Cédron roule toûjours, le Ciel pourſuit ſa route
La nature eſt ingrate & ſans reſſentiment,
  Et ſi un chacun me réfuſe,
  Voi donc, mon ame, où je m'amuſe;
  Cherchons ailleurs ſoûlagement.

A ſon Pere.

Grande Divinité, ſouveraine Puiſſance,
Qui voyez l'Univers ſous Vôtre obéiſſance,
Et régler ſon mélange à l'ordre de vos Loix,
C'eſt à vous maintenant que j'adreſſe ma voix,
  je coutois mes ennuis à toute la Nature,
Mais ayant oublié qu'elle eſt ma Créature,
Ingratte à ſon Auteur, elle avance le pas,
Et au fort de mes maux ne me régarde pas,
Vous donc, Pere éternel écoutez ma Priéres,
Et d'un œil plus benin régardez ma Miſeres,
Pourrois-je être aſſûré que ſans vous irriter,
Mon cœur vous demandât ſi je puis éviter
Les horreurs de la mort, & s'il eſt impoſſible,
Que parmi tant de maux je dévienne impaſſible
Ce n'eſt pas vôtre Fils qui vous tient ce diſcours
L'humaine infirmité m'en a tracé le cours:
Mais cette infirmité m'étant inſéparable,
C'eſt pourtant vôtre Fils qui d'un air pitoyable,
Sollicite aujourd'hui vôtre immenſe bonté,
Tout ſoûmis néanmains à vôtre volenté

JESUS. Révenant vers ſes Apôtres.

Amis que faites-vous? Ce ſilence m'étonne,
Ils ſeront endormis, je n'entend-là perſonne,
Pierre ô Dieu quel déſaſtre où je me voit réduit,

Pierre, encore un coup.

S. PIERRE, *se réveillent en sursaut.*

Ha, ha, j'entends du bruit,
ean, Jacques dormé-vous ? sus debout, alarme
*croi qu'on nous prepare... (alarme,

SCENE III.

JESUS à Pierre.

O Valoureux gens d'Armes !
O la garde fidele ? ô les gens résolus !
N'avoir pû seulement veiller un heure au plus,
Veiliez donc & priez, jalouzés cette gloire,
Que sur vous l'ennemi n'emporte la Victoire,
à PIERRE, *pendant que Jesus s'en retourne.*
He mon Dieu ! qu'est ce ci, je suis bien abbatu

S. JEAN.

Et moi, d'où vient cela ?

S. JACQUES.

J'ai long-temps combattu,
Mais enfin le sommeil ma fait rendre les armes.

S. PIERRE.

On use assurément ici de quelques charmes.

SCENE IV.

JESUS Retourne au premier lieu.

Pere, encore une fois, vous à qui le someil,
N'à jamais abaissé la paupiere de l'œil,
Dormirez-vous aussi ; quoi ce beau nom de Pere
Ne m'obtiendra-t-il pas la faveur que j'espere,
Ne sçauriez-vous ; hélas ! par quelqu'autre resort
Délivrer un Captif sans me donner la mort ;
Mais s'il est impossible à moins qu'elle mavienne
Que vôtre volonté se fasse & non pas la mienne,

C

Je n'en parlerai plus, ce déluge de sang :
Aura plus d'éficace , & sera plus puissant
Mais quel Aste benit à travers de cét ombré
Se présente à mes yeux ;

SCENE V.

UN ANGE Enpretien JESUS sur le fait de sa
Passion , & lui présente un Calice.

L'ANGE à Jesus.

Seigneur , je suis du nombre,
De ceux que vôtre Pere à mis au Firmament,
Pour être éxecuteur de son Commendement.

IESUS.

Hé bien, cher Mesager dis moi donc qui t'amene

L'ANGE

Hélas ! je ne vient pas adoucir vôtre peine,
Non Seigneur ce n'est pas pour essuyer vos pleur
Je n'ai point de remède à vos apiés douleurs :
Je viens pour annoncer (ô bonté sans pareille)
Qua vos gémissement le Ciel n'a point d'oreille
Vos soûpis enflamé venant à s'aprocher,
Au lieu d'un cœur de cire ont trouvé le rocher,
Au lieu de rencontrer un charitable Pere ,
Sont tombé dans les mains d'un juge très severe
Mais courage!ô Seigneur jai bien dautre discous
Il m'en faut rétrancher pour les faire plus cours
Courage encore un coup pardonné à ma langue
Qui vous fait maintenant une triste harangue.
Vôtre pere aujourd'hui quittant sont tribunal
Est monté devant nous dans ce grand Arcenal ,
Gardien des instrument de sa juste colère,
Où s'étant révêtu de sa clarté solaire,
Lui-meme à parcourû les coins & les rétours,
Puis ayant empoigné les foudres les plus lourds

S'eft affis furieux fur fon lit de juftice,
D'où vous confidérant accablé de tous vice,
A prononcé tout haut, & en dernier reffort,
Je tremble en y penfant, l'Arrêt de vôtre mort
Il n'eft plus de pardon; plus de mifericorde:
Son Arc eft recourbé, la fléche eft fur la corde,
Et pour vous feulement vont partir de fes mains
Les traits que fon couroux deftinoit aux humains
 Vous ferrez promené cômo on fait la victime,
Sur laquelle en paffant chacun lâche fon crime,
Et qu'après pour fléchir les cœurs des imortels,
Sous le faix, languiffante, on conduit au Autel
Vous ferez comme un roch au milieu de l'orage
Qu'un orgueilleufe mer fait l'objet de fa rage,
L'obligeant d'effuyer la rigueur de fes flots,
Puis après que fon onde a brifé fur fon dos,
Après avoir crevé fur lui fon apoftume,
Le laiffe enfin caché fous la bave & l'écume:
Au refte apprêtez vous à fubir promptement,
Les fanglantes douleurs du plus rudes tourment
Que fçauroit inventer l'infernales malice.
      L'ange lui préfentant le Calice
En voici l'avant-gout, recevez ce Calice;
Ce n'eft pas le nectar de la table des Dieux;
Ce n'eft pas la douceur du flux délicieux,
Qui roulant fur le Ciel arroufe ces compagnes
D'où les ames des Saint mes fidéles compagnes
Se laiffant attirer par de fi doux appas?
Senivrent rarement dans leur après répas.
C'eft, pour ne point flater le jus de cette pômes
Que dans le Paradis, l'infolence d'un homme,
Vous ayant préparé dés le commencement,
Vous invite aujourd'hui d'avaler promptement,
Le foulphre avec l'alun, l'abfinthe & la figues,
Ne font pas reffentir leurs pointe plus aigues,
Et pour le faire coure; l'efpace de la Mer,

N'enferme dans son sein rien qui soit plus amer
                J E S U S.
Ange , ne puis-je pas èviter ce breuvage ?
                L' A N G E.
Oüi, mais l'hôme sera à jamais dans l'esclavage
                I E S U S.
Quoi donc ne peut il pas se mettre en liberté ;
                L' A N G E.
Non, Seigneur , sans vous voir dans la captivité
                J E S U S.
Hé ! que lui servira cette âpre Medecine ;
Quand elle occupera le fond de ma poitrine :
                L' A N G E
La Mere est bien souvent réduite à savourer ,
Le lait que son enfant ne sçauroit digérer,
Et ce médicament par une simpathie,
Dans un autre estomach lui conserve la vie.
                I E S V S.
Mais s'il étoit possible de l'adoucir ?
                L' A N G E.
En ôtant l'amertume , il ne peut réussir.
                J E S V S.
Bien , en toute rigueur suffira si j'en goûte ?
                L' A N G E.
Seigneur , in ne faut pas qu'il en reste une goute
Il faut tout avaler; ainsi porte l'Arrest ,
Que sans rien épancher le büvié à longs traits.
                J E S V S.
Ah ; c'est trop diférer , c'est manqué de courage,
Qu'un Dieu soit abbatu d'un si petit orage.
Non , non puisqu'il s'agit du salut des humains.
    Il prend le Calice, le boit entiérement.
J'embrasse cette coupe & l'embrasse à deux mains
Ange , c'est déja fait , va t'en dire à mon Pere,
Qc'il verra s'acomplir les desseins qu'il espére ,
Sur le fait des Humains j'adore ses Décrêts ;

Et fuis réfolu . . .

Jefus fe proflerne contre terre , & prie long-tems
fériensment , durant cette scéne suivantes.

SCENE VI.

judas , le Capitaine & les soldats de la Ville ,
conférent du moyen de prendre jefus.

IVDAS.

Soldats , âtez vous prêts ,
Etes-vous bien munis de chaînes , de menotes ,
De glaives , de bâtons , de cordes les plus fortes
Sur tous bon courage.

Le Capitaine de la Ville.

On est prêt dès-long-tems ,
Le quard d'heure est passé dépuis que j'attens ;
Je ne sçai point le lieu, ni l'endroit ni la place ,
Où régne ce lutin.

JUDAS.

Vous ne le menquerés pas ;
Suivez-moi feulement , fuivez-moi pas à pas :
Répofez-vous fur moi, metez-vous hors de peine
Je vous veux aujourd'hui fervir de Capitaine,
Cédez-moi votre droit , faires-m'en le transpor
Et vous verrez furgir cette affaire a bon port ,
Vous fçevé ce torent qui murmure & qui gronde
Quand le Ciel se lâchent vient à grofir fon onde
Et qui le plus fouvent est réduit à tel point ,
Que pour le traverfer on ne moüille point :
Vous fçavez le jardin qu'il borne de fes rives :
Que le fruit abondant fait nommer des Olives ,
C'est-là que ce lutin fous l'ombre de la nuit ,
Va tramant les deffeins qu'au jour il vous produi
C'est-là u'il faut aller , Marchons.

LE CAPITAINE. Non pas si viste ;
Je crains que nous n'ayons pas assez de bonheur
Pour pouvoir de ceci venir à nôtre honneur.

JUDAS.

Vous craignez , Capitaine ;

LE CAPITAINE.

Oüi , je crains.

JUDAS.   C'est sans cause.

LE CAPITAINE.

J'en ai trop , me voyant incertain de la chose ;
je sçai qu'il n'i faut pas marcher à l'étourdi .
Nous avons a traiter avec un dégourdi
Nos prêtres qui sont cru cens foi en leur puissance
L'ont aussi vû cent fois esquiver leur présence ,
Et ravi de leurs mains se perdre en un moment,
Sans sçavoir ni par ou , ni par qui ; ni comment
Quel profit de combattre une force enchantée ;
Quels rêts pûrent jamais enlasser un Prothée ;
A tres-dificilement en aurons nous raison.

JUDAS.

j'en viendrai bien á bout.

LE CAPITAINE.

Comment.

JUDAS.   Par trahison ;

Il n'importe comment , par force ou par adresse
Où l'éfort est en vain , on obtient par caresse.
Vne œillade à propos un bon jour , un baiser ,
Sont des traits bien puissant a qui sçait en user.

LE CAPITAINE.

Il faut donc aviser , s'il se trouve ensemble ;
De ne prendre pour lui celuy qui lui ressemble.

JUDAS.

Non , non , ne craigné point : je le connois trop
bien ,   LE CAPITAINE.
Reste donc maintenant de trouver un moyen,
Qui d'entre ses suppôts , d'abort nous le désigne.

IVDAS.

Vn bon jour un baisé, vous serviront de signe.

SCENE VII

Jesus retourné de l'Agonie se léve, s'en vient vers
ses Apôtres endormis, & leur parla ainsi.

JESVS.

Ormez donc maintenant, réposez à loisir
Voici que les boureaux vienent pour me saisir
Ou sont ces baux discours Piérre qu'on le réveile
Hé ! ne sçavez-vous pas que je suis à la veille,
Des travaux que le Ciel dépuis trente-trois ans.
Me réserve à soufrir en ces derniers momens,
On s'avance, ma mort, ma prise est arrêtée,
J'aperçois s'aprocher ceux qui l'ont concertée ?
C'en est fait, tout est prêt le signal est donné,
Allons, soufrons, mourons, puisqu'il est ordoné
Voyez-vous celui-ci . . .

SCENE VIII

Jesus, les Apôtres & les soldats se joignent.
Judas baisant Jesus.

Aistre, je vous salut.

JESVS.

Hélas ! mon cher amy, qui cause ta venuë,

S'adressant aux Soldats.

Et vous, qui vous améne en ce lieu sécret ?
Qui cherchez-vous si tard ?

Les soldats.

Jesus de Nazareth.

JESVS.

C'est moi.

Les Soldats, Tombent par Terre

Ha Dieu !

IESVS.

Tout beau, pourquoi tomber par terre
Il semble que ces gens soient frapez du tonnerre
Soldats, relevez-vous, que cherchez-vous ici ?

Les Soldats en se relevant.

Jesus de Nazareth.

IESVS.

je vous dis : me Voici
Si je suis destiné pour vôtre Tyranie,
Laissez en liberté ceux de ma compagnie.

Les soldats entr'eux.

C'est lui qu'atendons. nous courage compagnons
Quoi nous l'avons si belle & nous nous epargnons

M O S E *soldat.*

Frappe.

Zais, *soldat.*

Avonce Dessus.

MALCHVS. *serviteur.*

Point de Misericorde.

ORCHAS *serviteur.*

Terrassons - le d'abord.

LE CAPITAINE.

Donnez moi cette corde
Que j'en fasse cent tour à l'entour de son corps
C'est la le vrai moyen d'arrêter ses éforts.

S. PIERRE. *frapant du glaive*

Maître c'est tout de bon vois-tu je fais merveille
je frappe du coûteau, j'en tiens d'un par l'oreille.

IESVS.

Pierre, serre ce fer, quiconque en prappera,
Sentira son éfet, & par lui perira ;
Crois-tu, pauvre inocent, qu'à la moindre prière
je ne pûsse obtenir le secours de mon Pere,
Et que si je n'avois consenti d'être pris,

Ie n'euſſe à millions des celeſtes Eſprits ;
Dont le moindre à l'inſtant mêle la terre & l'onde
Pourroit ſi je voulois, abimer tout le monde,
Mais non, je veux ſoufrir, & ſoufrir, librement

En s'adreſſant aux ſoldats.

Vne choſe, ô Soldats, m'étonne ſeulement ;
Pourquoi maïant ſoufert tant de fois dans le têplé
Enſeignent au public de parole & d'exemple,
Vous me traitez ici d'infame & de larron,
Hort de lieu, hors de tems, ...

LE CAPITAINE. aux Soldats.

Ce fenfaron
Veut-il pas raiſonner ; je croi qu'il nous ménade
us, ſus que vos bâtons abbaiſſent ſon audace,
Traitez le de larron, de fourbe, d'impudent,
D'ennemi de nos Loix : & marchons cependant
Tirant du côté d'Anne.

ACTE III.

SCENE PREMIERE.

MOSSE & HIBRIN ſoldats, s'entretiennent de leur priſe, ils paroiſſent échaufez.

MOSSE.

A La fin ce Prothée,
Eſt tombé dans nos rets, & ſa courſe arrêtée :
La peſte de l'Etat, le mépris de nos Loix,
Le ſcandale public ceſſe à cette fois,
Qu'en dis-tu cher Hibrin ?

HIBRIN.

O Dieu la belle priſe ;
Ie croi que Noſſeigneurs, aprés l'avoir apriſe

D

Ferons des feux de joye, de ce jour solemnel.

MOSSE.

Il mérite en efet un honneur éternel.

HIBRIN.

Certes, l'heureux succez d'une telle poursuitte,
Né peut s'attribuer qu'à la sage conduitte,
De ce brave judas qui par l'ordre divin,
A pû ; l'entreprenant . la conduire à sa fin.

MOSSE.

Sçait tu qu'en le voyant marcher à nôtre face,
Je me le figurois comme un bon chien de chasse
qui condui dans le cham plus du né que des yeux
Arête le gibier par un sort capcieux,
Puis semblant le flatter , témoigne de la joye,
Pendant que le chasseur en vient faire sa proye.

HIBRIN.

Tu rencontre fort bien , & ta comparaison ,
Convient parfaitement avec sa trahison ;
Car l'ayant embrassé , puis baisé par la bauche,
Il se vint aussi tôt brûler comme la mouche,
Autous de ces flambeaux dont le mourant éclat,
Nous guidoit sourdement à ce grand coup détat

MOSSE.

Mais à quoi s'occupoient si tard ces sacrileges.

HIBRIN.

Le faut-il demander ? à quelques sortilége,

MOSSE.

Qui les auroit cherché dans ces lieux égarez,

HIBRIN.

Qui les auroit pensé au combat préparez ;
Hé qui se fut douté qu'ils eussent eû des armes,

MOSSE.

Mais qui n'euz dénié tant de force à des charmes
Qui par un seul , *c'est moi* , nous ayant terrassé
Dès-le commencement témoignérent assez,
 que si nous ne joignons nos forces à nos ruses,

ous étions pour servis de joüer à ces buses.

HIBRIN.

?est très assûré mais j'apeiçois Zaïs,   y

Il pourra nous aprendre ou tendent les avis.

SCENE II

MOSSE, HIBRIN, ZAIS, qui vient de derriere
le Théâtre joins ceux-la & leur dit des nouvelles.

HIBRIN.   { Anne ?

HÉ bien mon cher Zaïs qu'est il conclu chez

ZAIS.

Le commun sentiment n'est pas qu'il le condâne
Mais que ce procedé soit sureis à demain,
Il'a pourtant reçû un si grand coup de main,
Que le gaus qu'la couvre imprimé sur sa face,
y restera long-tems auparavant qu'il s'éface.

MOSSE.

Commert ;

ZAIS.

On commençoit l'interogation :
Quels éroient ses projers ; quelle prétention ?
Quels escortes il avoit ? quelle étoit sa Doctrine
Quels desseins i il alloit roulant dans sa poitrine
Quand sa vaine réponse & ses tons arrogans,
Lui firent éprouver combien pese mes gans ;
Je Içai que je pourray passer pour temeraire,
N'ayant eû le pouvoir, ni l'ordre de le faire :
Mais son peu de respect dans un tel entretien ?
Me forçant à ce coup, m'a fait perdre le mien.

HIBRIN.

Tu te mocque, Zaïs. c'est ce montrer fidéle,
C'est avoir du respect, c'est témoigner du zèle,
J'en aurois autant fait, & peutêtre bien plus,
Je haï les criminels qui font les résolus,
Et me sens excité à abbaisser leur audace,

Sans perser où jé fuis, devant qui ● ● ●

SCENE III.

CAIPHE, *annonce aux Prêtres la prise de Jésus*
Deux Huissiers.

PLace, place.
Soldats, retirez-vous.

CAIPHE.

Seigneur ? c'est aujourd'hui
Qu'il vous faut mettre bas le t acas & l'ennuy,
Rassurez vos esprits puisque Dieu de qui l'aide
Ne nous manqua jamais, y veut mettre reméde
Vôtre mauvais Démon. ce grand Magicien,
L'ennemi conjuré du nom Pharisien,
Ce monstre furieux, dont l'insolente morgue,
Méditoit le debris de nôtre Synagogue
Ce puissant séducteur de nos meilleurs esprits,
Est enfin sous nos Loix, s'en est fait il est pris :
Les Soldats cette nuit aprés beaucoup de pene ;
(Celui que vous sçavez servant de Capitaine)
L'ont conduit chez mon pere, il y est à présent
Mais l'infirme vieillard, étant déjà pésant,
De p'us considérant qu'il est hors de semestre,
Me le doit envoyer n'en voulant pas connoître.

RIPHAR.

O le grand coup du Ciel !

RABAM.

O le grand coup d'Estat !

SUBACH.

O l'hureuse surprise !

ACHAIAS.

O l'heureux attentat !

ROSMOPHIM.

O que le Ciel nous aime & qu'il nous favorise,

JORAM.

O que Dieu nous maintient & qu'il nous autorise

JOSEPH.

Que j'en suis réjoüi ! la Royale action.

SAMECH.

Mon Dieu, que j'en reffents de fatisfaction.

CAIPHE.

Or fus ce n'eft pas tout c'eft qu'il faut t'en défaire
A quel prix que ce foit : fongeont à cette affaire
J'ai penfé qu'il failloit . pour avoir bon fuccès
Produire des témoins , & former un procez,
Puis , pieds & points liez . l'envoyer à Pilate ,
Et tâcher néanmoins que la chofe n'éclate,
Car le peuple ignorant pourroit faire du bruit ;
En voyant avec lui le procez tout inftruit ;
Reftera feulement d'en porter la fentence,
Ordonnant à fon crime égale pénitence ,
Voyez fi je dis bien ; pour le fait des témoins ;
Nous n'en faurion manqué j'en ai trente du moins
Mais, cens fe trouveroient s'il les falloit produire
Et tous gens apoftez aufquels je ferai dire ,
Plus qu'il n'en fit jamais.

RIPHAR.

J'approuve un tel dévis

RABAM.

J'y Conclut.

SUBACH.

J'y Confent.

ACHAIAS.

Et Moi.

ROSMOPHIM.

C'eft mon avis.

JORAM.

Il eft trop à propos.

JOSEPH.

Je croi qu'on nous l'amene.

SAMECH.

En éfet, j'entend du bruit, voici le Capitaine.

CAIPHE.

J'aperçois les Soldats. Le voilà, Le voilà.
Faites faire silence, Huissiers.

Les Huissiers.

Paix là, paix là.

SCENE IV

Le Capitaine & les Soldats aménent Jesue lié à
Caiphe & aux Prêtres.

LE CAPITAINE.

Pontife souverain, & vous sacrez Ministrer,
Prudent observateur des rencontres sinistres,
Aux immortelles Loix de nôtre Nation,
Je vient rendre raison de ma Commission,
Sitôt que vôtre soin à banir les désordres,
Ma fait commandement de recevoir vos ordres,
Pour la prise de corps qu'il avoit décerné,
Contre ce malheureux que je tiens enchaîné,
Je n'eut poin de répos que je n'executasse,
Un si juste décret; & que je n'inventasse
Les moyens qui pouvoient le conduire à l'efet,
Enfin nous le tenons, le plus fort est fait,
Dieu n'aïant pas permi que ma course fût vaine
Mais je puis assurer en foi de Capitaine,
Que jamais criminel : je n'en rougirai point :
Ne m'avoit obligé d'en venir à ce point.
Le croiriez-vous Seigneur, que ces enchanteries
Auroient pû contre-nous exiter les furies !
Qu'un bufle que je tiens maintenant par le nez
Nous auroit d'un seul mot tous si fort étonnez,
Que tombant à ses pieds côme ataint d'un orage
Nous y serions resté sans un nouveau courage,
Le croirez-vou, Seigneur il est vrai néanmoins

Puifque tous mes Soldats font autant de témoins
Mais enfin le voila tirez en la vengeance,
je ferai fatisfait j'aurai ma récompenfe.

CAIPHE

C'eft bien dit Capitaine, une belle action,
Sufit à fon autheur pour far sfaĉt on,
Tu n'as pas en ce fait une petite gloire,
Plus rude eft le combat plus grand eft la victoire
Mas l'homme vertueux dedans fon propre fait
Trouve la récompenfe & s'en tient fatisfait.

Parlant à Jefus.

Venez-ça mon ami, dites-moi qui vous êtes?
Quel deffein vous avé quel but, ce que vous faite
Êftes-vous Fils de Dieu :

JESUS.

     Quand je vous l'aurai dit,
Je ne puis efperer d'être fans contredit,
Et fi j'interogeois, & vous faifois femonfe,
De me rendre raifon, vous feriez fans réponce.

CAIPHE.

O Dieu ! quel arrogance. appellez ces Temoins
Huiffiers & qui font né trente bouche du moins,
Difent les veritez ; que la fienne dénie.

Parlant aux Témoins.

Amis, Aprochéz-vous,

SCENE V.

Caiphe reçoit la dépofition des témoins contre Jefu

CAIPHE aux Témoins.

     PAR la gloire infinie,
Que vous prétendez tous d'ou depend l'éternité
Ne promettez-vous pas dire la verité ;

Tous les Témoins enfemble.

Seigneur, nous le ferons.

CAIPHE aux Témoins.

　　　　　　　Regardez ce Visage,
Le réconnoissez-vous ;
　　　Les Témoins tous ensemble.
　　　　　　　O ! le saint personnage!

CAIPHE.

Or sus, dittes chacun ce que vous sçavez.

UN FERMIER.

Seigneur ; je le-.

　　　CAIPHE.　　　　　*au Greffier.*

Greffier, marquez-bien.

　　　Au Fermier.

　　　　　　　Poursuivez.

LE FERMIER.

Seigneur, je le connois pour un grand sacrilége
Pour un Magicien de qui le sortilége,
Est de telle vertu que même les Démons,
Semblent lui déferer lorsqu'il en soit témons.
J'ai vû de mes yeux, mais hélas j'en soûpire,
Puisque c'est à mon dam, ce que je vais vous dire
J'avois un beau troupo, car j'étois riche alors,
Composé, sous respect, de trente jeune porcs,
Ils passoient vers la mer assez près du Rivage,
Quand ce magicien, passant par mon vilage,
Rencontra por malheur, & pour eu & pour moi
Deux homme possedez qui donnoient de l'effroi ;
Lors, voulant en ce lieu faire voir sa puissance,
Il commande aux Démons de fuir en diligence
Mais eux ; pour l'obliger, & voici l'action ;
D'où vous pourrez juger qu'il y a paction
S'offrirent de sortir, s'il leur vouloit permettre
D'entré dans mes pourceaux, ce qu'il fit le faux
　　　traître,
Lors je vis, sans reméde, enrager mon troupeau
Et courant furieux se jetter dedans l'eau.
De ce tort, Messeigneurs, je demande justice,

Et réquiers que sa bourse ou son corps en patisse

CAIPHE.

On vous fera ra son-parlez-vaus promptement.

UN MARCHAND.

Seigneur, je déduirai mon fait succintement.
Vous sçavez mieux que moi côme il est necesere
Pour beaucoup de raisons que je veux ici taire ;
Qu'à la porte du Temple on trouve des troupes
Que les bœuf, les moutons & les tendre agneau
Destinez seulement au feu du sacrifice,
S'y vendent au public, & c'est mon exercice.
Estant donc, l'autre jour assis à mon étail,
Comptant quelques deniers reçûs de mon bétail
Jentendis tout à coup mouvoir la populace ;
Puis élevant les yeux, j'aperçûs dans la place,
Ce Maistre séducteur, ce donneur de pordons,
Qui tenant en sa main certains petits cordons,
Vint fondre dessus moi comme une grosse grêle
Et de pieds & de mains renverser pêle mêle,
Tables, chaise, pigeons, brebis, or & argent
Ce cas-là, Messeigneur, n'est-il pas affigeant ;
Laissez-vous donc toucher d'une si grande perte,
Songez que vos Autels resteront lans offerte,
Es le tort qu'il ma fait, joint à vôtre interêts ;
Vous fasse contre lui prononcer un Arrest.

CAIPHE.

ous serez satisfait : passons

UN JARDINIER

Sainte assemblée ;
e suis un jardinier qui dans cette valée,
Possede un petit cham ioignant le grand chemin
Rempli d'arbre fruitiers tous planté de ma main
Un figuier excellent s'avançoit sur la voye,
Dont le pauvre altere passant faisoit sa proye,
Mais depuis quelque ans cét homme sans raison
Vint, après la récolte, on arriere saison,

F

Pour manger de son fruit, & l'ayant trouvé vide
Le maudit, & d'abord l'arbre devint arride,
Ainsi pourrions nous voir tous nos arbres détruit
Si vous, qui recevez le premier de leurs fruits,
N'étoufez au plutôt cet animal immonde,
Ce méchans vermisseau qui perdra tout le monde.

CAIPHE.

Il y faudra penser. Cependant poursuivez.

UN LABOUREUR.

Seigneur, je vous apprend, si vous ne le sçavez,
Qu'au tems que la moisson paroissoit plondissante
Ses Disciples maudits traversant une sente,
Le saint jour du sabath cueillirent des épies ;
Mais ce n'est pas le tout, car il firent bien pis,
Au mépris de la Loi dans leur mains le broyere
Et sans correction devant lui le mangerent ;
Mais hélas Messeigneurs : ce fus à mon malheur
Car Dieu, pour cette faute, en sa juste fureur
Fit tomber sur mon champ une telle tempête,
Que mes pauvre épies en perdirent la tête.
jen demande justice.

CAIPHE.

On vous fera raison
dites ; vous.

Un autres Témoin.

Messeigneurs, je vis de ma maison
Quand ce Prophanateur, parart diabolique,
Donna la guerison à ce Paralitique,
Et méprisant la Loi, le saint jour du Sabath,
L'obligea sur le cham d'emporter son grabat,
Quel scandale, Seigneur, au milieu d'une Ville
Voir à hôme en tel jour dans un œuvre servile.

Un autre.

Vous sçaurez Meseigneur qu'il souffre que les gens
Méprisent les décrets de nos Peres Anciens,
Ils ne lavent leurs mains (Abus intolerable)

Lors qu'ils sont invitez de s'asseois à la Table.

Un Autre.

Seigneur je me trouvai quand très-mal-à-propos
Il cracha sur sa terre, un des jours du repos,
Et prenant de la boüe en fit naître la vuë ;
Dans un œil qu'on disoit ne l'avoir jamais eüe,
Nul sans exception, La chose est sans débat,
Ne peut être de Dieu sans garder le Sabath.

Un Autre.

Seigneur certainement son crime est sans exepl.
Il ose se venter qu'il ruinera le Temple.
Je le tiens de sa bouche . . . .

Un Autre.   Il dénie à César.

Le Tribu ordinaire, & ce pauvre Lezar,
Se fait Roi, se fait Christ dit qu'il est le Messie :
Que la Loi de Moïse & toute Prophetie,
Doit recevoir en lui son accomplissement :
Quelle stupidité ? quel étourdissement !

C A I P H E, à Jesus.

Hé bien mon cher ami tu vois cōme on t'accuse.

Aprés une petite pause.

Quoi, tu prétend garder un silence éternel,
Sçache qu'en le faisant on devient criminel.

Aprés une autre petite pause.

Tu ne veux pas parler ; orsus, je te conjure,
Dis-moi par le puissant Auteur de la Nature ?
Es-tu le Fils de Dieu.

J E S U S.

                    Oüi, Certes, je le suis :
Et je ferai bien voir un jour ce que je puis,
Quand assis sur le dos d'une brillante noë,
L'univers tremblera redoutant ma venuë.

C A I P H E.
Se tournant vers les scribes & les Pharisiens.

Vous l'entendez Seigneur hé bien qu'est il besoin
D'une preuve étrangere, & d'un autre Temoin

Puisque ce malheureux se condamne lui-même.
Déchirant ses vêtemens.
O quelle impiété, quel horrible blasphême!
Seigneur, sans opiner, sans lui faire de tord,
Il faut que je le prouve IL EST *Digne De Mort*
Greffier mettez le fait en Ordre, & qu'on se hâte
Je le veux envoyer promptement à Pilate,
Pour recevoir le prix de son impiété,
Cependant qu'on le mette en lieu de sûreté.

SCENE IV

S. PIERRE seul se lamente

STANCES.

Pleurez pleurez mes yeux imitez les fontaine
    Qui naissant dans les vaincs,
D'un Rocher soureilleux, ont un flux eternel,
Pleuré, dis-jemes yeux, & que vos vives sources
    Par leurs fréquentes courses,
Témoignent aux mortels que Pierre est criminel
J'ai nenié mon Maître, ô chose pitoyable!
    Ser-t'il bien croyable;
On en pourra douter, il est vrai néanmoins:
Cet oiseau dont le chan me reproche mon crime
    Les larmes que j'exprime,
Et mes sens égarez, en sont les surs témoins.
Il me l'avoit bien dit, que la chair est fragila
    Si l'esprit est agile,
Et qu'avant que le coq fit entendre sa voix,
J'étois avec mon bruit mon glaive & ma promese
    Pour avoir la foiblesse,
De nier le connoitre, une deux & trois fois.
    C'étoit avec raison qu'il faisoit cette instance
    A tanter ma Constance,
Lorsqu'il me demanda trois fois si je l'aimois:

Je juge maintenant de sa triste sémonce ;
        Nonobstant ma réponse,
Qu'il doutoit de ma force, & que j'en présumois
    Pierre étoit si vaillant sa force & sa constance
        (Je Rougis quand j'y pense §
Je devoient affermir à l'aspect des bourreaux ;
Il défioit l'Enfer, les Démons & leur rage,
        Et son trop grand courage,
En venoit au mépris du foudre & des carreaux
N'aguéres ; en ce jardin, j'étois si rèdoutable
        Lorsque ce misérable,
Ressentit un éfet de mon bras valoureux :
Mais si dans ce combat, d'une force pareille,
        Au lieu de son Oreille,
J'avais tranché ma langue, ô je serois heureux
Si l'éfroi d'un Tyran, si l'horreur d'une pene
        La torture & la gêne,
Avoient contraint ma bouche à cette impiété,
Je pourrois m'excuser, mais un volet infame !
        Vne impudente femme !
C'est manquer de courage & de fidélité.
Heureux cher compagnons qui dans la défiance
        De vôtre sufisance,
Quitâtes le combat dès-le premier assaut !
Que ne pris-je avec vous une innocente fuite,
        Plûtôt qu'en ma poursuitte.
Me laisser emporter dans un si grand defaut.
Il me souviens d'un jour, que l'abyme profonde
        je marchois dessus l'onde :
Me découvre son sein, pour douter seulement,
Mais hélas ! aujourd'hui quelle mortelle guerie
        Me doit foire la terre.
Puisque dévant les yeux je nie assurément,
Que dévient mon Seigneur cete noble entreprise
        De fonder ane Eglise,
Que l'enfer & le tems ne pouroient consommmer ?

Quoi ! m'avois tu choisi pour une Pierre stable,
Moi qui ne suis que sable ;
Que toi-mêmeas tiré des rives de la mer ?
Allez pauvres agneaux, Allez mes Brébiette,
A l'ombre des houlettes,
Que vous pourront offrir les fidéles Pasteurs ?
Allez, encore un coup puisque vôtre innocense
N'est pas en assurance,
Sous la protection des lâches serviteur.
Et vous que sa bonté m'avoit mis à la dextre
Pour me servir de Sceptre,
Afin de gouverner les fidéles humains ;
Clef, apiès mes défauts & mes crimes horribles
Vous êtes insensibles,
Ou vous dévez chercher de plus fidéles mains,
Pour moi je trouverai pour déplorer ma perte,
Quelque grotte déserte,
Quelques lieux égarez parmi les autres sourds,
Et là mes entretiens plus doux & plus honnête
Serons des fiéres Bêtes,
Qui verront terminer la course de Mes jours.
Adieu donc, mon Seigneur, mes Clefs & ma
Adieu ma préséance,   puissance
Adieu chers Compagnons, adieu Gouvernement
Adieu tous mes agneaux, mes brebis mon Office
Adieu bel édifice.
Où je dévois servir d'éternel fondement.
Mais Hélas mon Seigneur na til plus de cleméce
Suis-je sans esperance ?
Et serai-je à jamais dans un triste abandon ?
Non, non, je m'aperçois que la vive sagesse,
Du régard qu'il me jette,
M'invite à sécourir lui demander pardon.

ACTE IV.
SCENE PREMIERE.

Le Conseil des Scribes & Pharisiens s'assemble afin
d'abandonner Jesus au bras Seculier.

CAIPHE.

Eigneur sans proposé vous sçavé ce me séble,
Le sujet pour lequel nous nous trovon enséble
Il s'agit de livrer dans le bras séculier,
Cét homms criminel que je tient pritonnier,
Il faut donc pour cela citer la Compagnie,
Afin de voir Pilate avec cérémonie,
Et tâcher de l'induire à nous faire raison,
Apportant à ce mal entiere guérison,
Mais avant de partir Seigneur quil vous souviene
De ne rien épargner ; crainte qu'il en revienne.
Prefsez le sur le point du mepris de la Loi,
Qu'au depens de César il se veut faire Roy,
Que vous avez été témoins de son blasphême,
Qu'il mérite la mort, qu'il s'accuse lui même
Et quand à ces raisons vous en adjoûter ez,
Je pourrois affurér que vous mériter ez.
Enfin nons dévont tous crier avec instance,
Qu'on le fafse mourir, la chose est d'importance
C'est ici qu'il nous faut paroître valoureux,
Afin d'extermiser . . . .

SCENE II

Judas s'en vient rendre l'argent & s'accuser.

JUDAS.

AH, je suis Malheureux

J'ai trahi l'innocent , une infame avarice ;
M'a conduit à ce point , il faut que je perisse.

CAIPHE.

Hé bien mon bon ami , que nous touche cela
As-tu pas nôtre argent ;

    JUDAS jette l'argent & s'en va.

              Ha ! tenez , le voilà
Que maudit soit l'argent , maudite l'entreprise
Maudits soient les Auteurs.

CAIPHE.

          Ha ! ha ! quelle surprise ,
Il perd l'esprit ? hé bien , qu'il s'en aille Sergent
Recueillez cependant cette somme d'argent.
Il n'importe Seigneur qu'il tempête & qu'il peste
Qu'il se pende s'il veut , l'affaire est demi faite:
Parlons de cét argent , & soyons en repos ?
De le remettre en bourse il n'est pas à propos
Etant un prix de sang.

RIPHAR.

         Seigneur , vos Reverences
De grace écouterons mes humbles remontrance
Vous sçavez que Salem , cette noble Citez
Est le lieu le plus saint & le plus Visitez,
De toutes nations , d'états , de Sexe & d'Age ?
Mais souvent , à raison du long Pelerinage ,
Beaucoup de pauvres gens Caducs & affligez ,
D'imbecile Vieillard se trouvent obligez ,
D'y rendre le tribut à l'humaine nature
Sans sçavoir où leurs os trouveront Sépulture ;
Or j'ai crû que le champ sur nommez d'un potier
Qui jadis exerçoit en ce lieu son Metier
Seroit fort à propos , car on s'en veut défaire
Vos deniers suffiront pour faire cette affaire,
Qu'en pensez-vous , Seigneur ;

RABAM.

     J'approuve un tel devis.

SAMECH.

J'y Conclus.

ACHAIAS.

J'y Consens.

ROSMOPHIM

Et Moi.

IORAM.

C'est mon Avis.

CAIPHE.

Nous avons ordonné que la presente somme,
Destinée à la mort & au sang de cét homme,
Doit servir à l'achat de quelque fond Terrain,
Pour donner sépulture aux pauvres Pelerins.

SCENE III.

JUDAS seul se, Désespère.

Que les feux que les eaux & que les précipices
Me seroient à present d'agréables auspices.
Dieu pourquoi suis-je né que maudit soit le jour
Qui me vit le premier dans ce mortel séjour :
J'ai trahi mon Seigneur * Forfait irrémissible
D'en vouloir le pardon c'est vouloir l'impossible
Pour en avoir pardon, il lui faut demander,
Il faut charger de vie, & bien-tôt s'amender,
S'il lui faut demander, hélas ! quelle aparence
Après l'avoir vendu tomber en sa presence,
Tout homme infortuné redouble son tourment
Lorsqu'il en aperçoit la cause en l'instrument,
Moi qui mangeois son pain qui vivois à sa table
Après l'avoir livré, l'espérer éxorable :
Peut être est-il déja sous le joug du trépas.
Mais qu'il soit mort ou vif, je ne le verrai pas,
Ainsi de toutes parts je suis sans esperance,
Car, si faut s'amender je sens l'impénitence,
S'emparer de mon cœur, & le crime odieux,

F

Qui sans cesse me trouble & me frappe les yeu
Me fait desespérer d'une grace finale.
Je voi desja mon sang dans la troupe infernele
Je voi les instrumens, que pour me tourmente
Leur rage & mon peché les contrains d'inventé
Si je tourne les yeux, je ne vois que des ombre
Je ne sens que fureur s'avancer a grand nombre
Je tremble à tous momens & l'horreur des démons
Etoufe mille fois l'air dedans mes poulmons.
Enfin c'est fait de moi ma perte est sans resource
Soleils qui fais mes jours, abregés-en la course
Le coupable est heureux, lorsqu'il est condamné
De subir promptement le suplice ordonné.
Sus, donc sans plus tarder, qu'une tempête,
Se forme dédans l'air & tombe sur ma tête ?
Je suis inebranlable & ne recule point,
Cieux frapez maintenant, & frapés bien à point
Que la foudre est legere, & qu'elle est agréable
Venant à fracasser un homme miserable,
Je défie vos coups, pourquoi tardez-vous tant?
Cieu (encore une fois) frappé, je les attends.
Mais vous n'en ferez rien ? helas ! j'en sai la cause
Le foudre à mon peché ne seroit qu'une rose,
La plus rude sentence & le dernier ressord,
Est d'alonger la vie à qui cherche la mort ?
L'erfer même là bas manque de violence.
je suis désespéré, je ne fais que courir,
je cherche sans trouver qui me fasse mourir,
Même les animaux plus enclins à la rage,
Voyant ma cruauté n'en ont pas le courage.
   Mais je ne songe pas que mes mains font à moi
Pourquoi chercher ailleur ce qu'on trouve ché soi
Ciel tu peux maintenant épargner tes tempêtes,
je ne t'invite plus, ni vous cruelle bêtes:
Ni toi pareillement, terre, ferme ton sein,
Pour ne pas réceler un horrible assasin,

Qui cache un criminel s'en fait dire complice ,
Et risque en même tems un semblable suplice.
On peut rendre à la mor par bien d'autre chemins
Je sçai que le plus court c'est passer par ses mains
Qu'on m'aporte un licol que je serve d'éxemple
A la posterité , que chacun me contemple :
Et qu'on dise à jamais ? que pour avoir vendu ,
Mon Maître & mon Seigneur , je suis ici pendu.

SCENE IV.

Caiphe , les Prêtres & le Capitaine qui améne
Jesu-Chri pour l'envoyer à Pilate.

CAIPHE.

Capitaine écoutez , conduisez le au Prétoire
Pilate assurément est imbû de l'histoire ,
Nous resterons ici pour certaine raison ,
Qui ne nous permet pas d'entrer en sa maison ;
Témoignez lui d'abord le déplaisir extrême ,
Que j'ai de ne pouvoir lui présenter moi-même
Et qu'il verra pour peu qu'il soit éxaminé ,
Que ce nouveau Docteur doit être exterminé.

LE CAPITAINE s'en allant.
Je n'y manqueray pas.

SCENE V.

Caiphe & les Prêtres raisonnens ensemble sur le
Théatre , attendans la réponse.

RABAM.

Seigneur , il est à craindre
Que Pilate en ceci , n'ait sujet de se plaindre ,
Ce n'est pas le moyen de nous favoriser ;
S'il croit que nous ayons voulu le mépriser ,
Dédaignant en cela sa charge & sa personne ,

Car voïez s'il vous plait . selon que je raisonne
Pilate est un seigneur qui tient entre ses mains
La suprême puissance & le droit des Romains,
Pilate est un Gentil , qui certe vous abhorre ,
Qui méprise vos Loix , ou du moins les ignore,
Et vous lui proposez pour solide raison ,
Que la Loi vous défend d'entrer en sa maison,
C'est se mocquer de lui c'est risquer vôtre afaire
Il vous y faut aller , la chose est nécessaire.

C A I P H E.

Mais vous ne chongé pas que nous seront pollus

R A B A M

Il faut que vous soïez à cela résolus.

C A I P H E.

Traiter ainsi la Loi ? qui pourroit s'y résoudre

R A B A M.

Il vaut mieux la plier que la faire rompre.

H I B R I N.

En éfer si cét homme en révenoit absous ,
Trés infailliblement nous aurions du dessous ,
Il seroit insolent aprés cette Victoire ,
Nous le verrions boufi d'une impudente gloire ?
Et nous ferions touchez de sensible regrets ,
De vous être épargnes à rompre son progrés,
Mais pour voir ce Gentil , je ne puis y conclure
Et si vous l'ordonnez je pretend m'en exclure.

I O R A M.

Seigneur, je récornois ce fourbe si subtil ,
Qu'il peut en vôtre absence amuser ce Gentil,
Et bien que criminel , dans la maison du juge,
Au lieu d'une prison y trouver un réfuge ,

A C H A I A S.

Seigneur, qu'attendéz-vous , arretez tout à fais
Si nous y dévons aller ;

C A I P H E.

                    C'est commettre un forfait ,

C'est violer la Loi, c'est ce rendre complice,
De celui qu'elle doit condamner au supplice:
Je n'ai point d'autre excuse elle aura plus de poid.
Ayant pour fondement la rigueur de nos Loix,
Pilate approuvera . . .

RABAM.

Le voici, ce me semble.

SCENE VI

Pilate vient parler aux Prêtres.

PILATE.

Essieurs humble & salut, Quel sujet vous
    assemble;
On m'a fait voir un homme & on m'a dit aussi
Que pour son jugement vous attendiez ici ?
Mais je n'ai rencontré personne qui l'accuse.

CAIPHE.

Seigneur prémierement nous vous faisons excuse
De n'avoir pas chez vous conduit ce criminel,
Notre Loi le défend, en ce jour solanel :
Vous sçavez qu'en cela nous somme excusables,
Aux depens de la Loi ces dévoirs sont blâmable

PILATE.

Vous ne m'étonnez pas, & n'en suis point surpris
Il m'importe fort peu, s'il y a du mepris,
Je régarde César & la gloire de Rome,
Allons donc je vous prie, & venous a cet homme
Dequoi l'accusez-vous, ça voyons qua til fait.

CAIPHE.

Ce qu'il a fait, Seigneur Croisse-vous en éfet,
Que nous puissions venir a tel point d'impudence
De vous le présenter, s'il étoit sans offense?

PILATE.

Hé bien, s'il a manqué vous avez une Loi,
Pouvez-vous pas le prendre & le juger sans moi

CAIPHE.

Nous avons une Loi qui porte fa Sentence ;
Mais pour l'éxecuter vous manqueron d'affiftanc

PILATE.

Quoi vous pretendé donc qu'il foit digne de mo

CAIPHE.

Cens fois s'il le pouvoit & fans lui faire torr
Il fe fait r ôtre Roi, dit qu'il eft le Meffie
Dés-long-tems attendu dans rôtré Prophetie
Il fuborne le peuple, & fon unique but,
Eft d'ôter à Céfar l'ordinaire tribut,
jugez, après cela s'il fera to érable,
Ou le bien de l'Etat n'eft pas confidérable,
Ou le feditieux doit être exterminé :
Or ayant murement le tout examiné,
Après en avoir fait recherche diligente ;
Avoir même entendu des témoins plus de trent
Dont on vous fera voir le fidéle rapport,
Nous l'avons condamné comme tel à la mort.

PILATE.

Vous m'étonnez un peu.

CAIPHE.

Seigneur, Voilà l'hiftoire.

PILATE.

je retourne au Prétoire,
Il fera châtié de fa témerité.
Mais il faut plenement fçavoir la veritez.

SCENE VII

Cayphe & les Prêtres parlent du genre du fuplic
qu'il faut faire endurer à Jefus.

CAIPHE.

JE croi que nôtre effaire eft en affez bon ordre
Je doutois que Pilate y voulut fi bien mordre
Il s'en va néanmoins lui faire fon procez ;

Nous poúvons esperer d'en avoir bon succez,
Discourons cependant du genre du suplice,
Qui pourroit dignement expier sa malice.

ROSMOPHIN.

Pour moi je ne crois pas , à voir son procedez ,
Qu'il n'invoque le diable , ou n'en soit possedê
Les pour le faire voir Dieu seul sans nul obstacle
Pour changer la nature & produire un miracle,
Les Demons impuissant par un sort capticux ;
Ne pouvant l'imiter nous facines les yeux.
Cela presuposé la consequence presse,
Dieu n'écoute jamais une ame pecheresse .
Cét homme néanmains, bien que trés criminel
Semble en ses actions passer le naturel ,
Il faut donc inferer que sous tant de prestiges ,
Le démon dedans lui fasse tous ses prodiges ;
Or, comme on voit toûjours les flames & brasié
Servir de châtiment aux infames Sorciers ,
Il seroit à propos , que sans beaucoup attendre
On le brûlat tout vif , & reduisit en cendre.

SUBACH.

Et moi je le connois pour un blasphêmateur,
Dont l'impudence atteint jusques à son auteur,
Qui médit tous les jours de vous & de Moyse ,
Sans respect de la Loi , ni de vôtre Prêtrise ,
Qui toûjours escorté de onze ou douze coquins
Converse impunément avec les publiquains ,
Boit , mange chez-eux , s'y soule d'importance
Mais le pir que j'y trouve est que son insolence
Passe jusqu'au point, que les ayant prêchez ,
Il se fait adorer remettant leurs pechez ;
Remarqua-t'on jamais une chose semblables ,
Or , pour suivre la Loi , sur ce crime éfroyable,
Il faudroit procurer que le peuple avec nous ,
Lui fit perdre la vie au milieu des Cailleaux

SAMECH.

Et moi, j'estimerois que pour donner exemple,
Il faudroit l'elever sur le plus haut du temple
E Temple qui tant de fois il a deshonnoré,
Ou le peuple ignorant là souvent adoré,
Où, dis-je il a tâché de ruiner nos Office,
D'où même il a voulu bannir les sacrifice,
Et l'ayant de roideur jetté du haut en bas,
Le laisser sur la place attendant le trépas,
Afin que de son corps, privé de sépulture,
Les chiens & les oiseaux puissent faire pâture.

ROSMOPHIM.

Je serois volontiers de vôtre sentiment,
Si je ne prévoyois le grand soulevement,
Qui pourroit arriver dans vôtre populace,
Si vous l'éxécutiez au milieu de la place,
Ce peuple est furieux, & n'entent point raison
Il vaudroit beaucoup mieux l'étoufer en prison
Pour le régard du corps mandez qu'on le suprime

RIPHAR.

C'est fors bien avisé mais c'est peu pour son crime
Si jamais cependant il retombe dans nos mains
Je suis d'avis, Seigneur ! d'imiter les Romains
Qui font par le moyen d'une habile industris,
Qu'un pareil déloyal ; un traitre à sa patrie,
Cousu dedans un sac vive quelque moment,
Et périsse exilé de tous les élemens.

JOSEPH.

Il faudroit ordonnés Seigneur comme je pense,
A ce crime nouve en nouvelle pénitence,
Vous manquez de moyens pour bien tourmenté
Sa faute est sans exemple, il en faut inventer,

CAIPHE.

Seigneur, à Mon avis la chose est plus honteuse
Le plus vil châriment, la peine plus affreuse,
Le but des malheureux, le vrai lieu du mépris,

Le plus rude suplice aux superbes esprits,
Le gibet en un mot est le plus convenable,
Pour punir dignement ce monstre abominable:
Il faut prendre le soin que dans cette Cité,
Le peuple en sa faveur fortement excité,
Au lieu de se porter contre vôtre entreprise
Nous la rende facile, & nous y favorise,
Puisqu'il a conversé par tout iniquement,
Il faut qu'il satisfasse à tous publiquement,
Voici donc mon avis, qu'on prépare une poutre
Que ses mains & ses pieds soient percés d'outre
    en outre,
Que son corps seulement de trois ou z soûtiens,
S'y voye avec horreur exposé tous à nud,
Et qu'avant de vomir son ame miserable,
Il nous fasse en public une amande honorable.
Mais il ne suffit pas que son corps soit détruit,
Il faut que le tourment pénètre son esprit,
Et comme il a commis une insigne rapine,
S'étant aproprié de Nature Divine,
Il soit inquieté parmis tant de douleurs,
De voir à ses côtez deux perfides voleurs,
C'est là que vous pourrez découvrir sa vergogne
Le traitant d'imposteur de sorcier & d'yvrogne,
De mille autres mépris qui le feront enrager.
Afin que vous puissiez plainement vous vanger,
Car pour lors il sera sous vôtre obeïssance,
Pour lors vous connoîtrez s'il eura la puissance
D'esquiver de vos mains, Enfin c'est dans ce lieu
Où vous éprouverez s'il est vrai fils de Dieu,
Qui malgré les tourmens, se conserve la vie,
Et se mocque. • • •

G

SCENE VIII.

Pilate revient parler aux Prêtres, & leur dit qu'il ne trouve point de cause de mort en Jesus. On le conduit chez Herode.

PILATE.

Messieurs, j'ai vôtre partie,
Je l'ai pris & sondé, j'ai fait tout mon efort,
Pour sçavoir en efet, s'il est digne de mort,
Mais je ne trouve rien qui l'en rende coupable

CAIPHE.

Que dites-vous, Seigneur? Mon crime est trop
(palpable.

PILATE.

Comment le seroit-il?

CAIPHE.

Comment ne l'est-il pas
Prenant titre de Roy?

PILATE.

Ce n'est pas d'ici pas?
Car si son règne étoit (comme il dit) de la terre
Pour le faire régner les siens feroient la guerre,

CAIPHE *se tournant vers les Prêtres.*

Hé bien, le voyez-vous? comment ce délicat,
A fait bien sçu changé son Juge en Avocat.

A *Pilate.*

Le croyez-vous Seigneur que dans ses conférences
Il allaite les siens des vaines esperances,
Qu'il leur doit conquêrer des empires divers,
Qu'il vient pour alumer le feu dans l'Univers,
Qu'il faut absolument que l'état se soulève,
Qu'il ne veut point de paix, qu'il aporte le glaive
Et pour prouver ceci; c'est que lorsqu'il fut pris
Nos gens d'armes d'abord se trouverent surpris
Les voyant disposés tous la main à l'épée?

Dont l'an même d'entr'eux eût l'oreille coupée.
Mais quand ce que je dis n'auroit jamais été,
Je soutient néanmoins que c'est la verité,
Ignorez-vous? Seigneur, que les coups de langue
Percent mieux que le fer, & que d'une harangue
L'on fait bien plus de mort, de blesser, de captif
Que ne font, des guerriers, les bras plus actifs
Sçachez que ses discours ont bien eu l'efficace,
D'attirer après lui toute la populace,
Et qu'il a sçû gagner par un morceau de pain,
Sur l'esprit de ce peuple un titre souverain,
Ils l'ont voulu ravir pour en faire leur Prince,
Et parmi le désert établir sa Province.

PILATE.

Mais il n'accepta pas cette condition,
Puisqu'ayant vû le but de leur intention,
Par les monts & les bois tout seul se mit en fuite
Evitant aussi-tôt leur offre & leur poursuitte,

CAIPHE.

Hé, ne sçavez vous pas qu'il faut dissimuler,
Pour arriver p'ûtôt où nous voulons aller,
Et que par le moyen d'une nouvelle intrigue,
On obtient en fuyant la charge que l'on brigue,
Enfin il, n'a cessé jusqu'à maintenant,
De penser de parler d'agir impunement,
Tous les jours au milieu d'une troupe assemblé
Seduisant les p'tits, depuis la Galilée,
Jusques en ce Pays, il y a plus d'un an.

PILATE.

Hé! je ne sçavois pas qu'il fut Galiléen.
Herode est au pays, il en sera le juge,
Et qu'on ne pense plus que je fais son refuge.

Aux Centenier.

Centenier promptement menez-le à son hôte,
Dites-lui qu'il est ce qu'on l'estime tel:
Que nous ayez apris qu'étant dans ma puissance

Je n'en ai pas voulu prendre la connoissance ;
Aprés m'être aperçûs qu'il n'est de mon ressort
Qu'au reste il pourra voir s'il est digne de moi

CAIMPE Aux Prêtres.

Allons pareillement, suivons-le chez Herod
Ne l'abandonons point crainte de quelque fraude
Nous le pourront confondre en tout ce contredit
Allons.

SAMECH.

Suivons.

IORAM.

Marchons.

ACHAIAS

Allons c'est fort bien dit.

* * * * * * * * * * * * * * * *

ACTE V.

SCENE PREMIERE.

Pilate s'entretiens avec Sille son confident touchant
ce qu'il fera en ce rencontre.

PILATE.

Sille faisons un tour (Soldats , tirez arriere,
Je veux t'entretenir touchant cette matiere ;
Je te croi mon ami.

SILLE.

Seigneur n'en doutez pas
Je le suis & seray jusques à Mon trépas.

PILATE.

Je le croi tout de bon & sur cette croyance,
Je t'ouvrirai mon cœur en plus grande assurance
Sçais- tu que le succés de cette affaire ici
Me donne de la penne, & me met en soucis,
Car je voi d'un côté, la procedure inique,
De ces Prêtres jaloux , & d'un peuple critique ;

Qui pour mieux arriver à leur prétention,
Et couvris finement leur noire passion,
M'objectent l'interêt de Cesar & de Rome.
D'ailleurs je réconnois l'innocence de l'Homme
Ils veulent l'oprimer, car je sçai quel il est,
C'est un homme sans fard, hors de tout interêt
Qui fais paroître au jour toute leur fourberies
Qui ne pardonne point à leur friponneries,
C'est un hôme en un mot qui par leur propre Loi
Les confond, les détruit & les met aux abois,
Si je le fais mourir, je fais une injustice,
Si je le veux sauver, ils auront la malice,
De former contre moi quelque plainte au Senat
Me disant ennemis du répos de l'Estat.

        SILLE.

Je ne voi pas pourquoi cela vous incommode;
Puisque vous l'avez mis entre les mains d'Herode

        PILATE.

Herode assurement me le doit renvoyer:
Tu sçais que dés long-tems & même avant hier
Nous eûmes differend touchant la préseance,
Il n'attendoit de moi que cette deference.

        SILLE.

Hé bien s'il le renvoye il le faut recevoir,
Puis quand vous auré fait pour lui vôtre pouvoir
Si vous réconnoissez ce peuple inexorable,
Il le faut condamner: vous serez excusables.

        PILATE.

Sille, si tu sçavois le tourmens que je sens,
Quand il faut condamner à mort un innocent.

        SILLE.

Oüi da, mais de deux maux faut éviter le pire,
Un hôme est peu de chose au régar dun Empire
Enfin, s'il faut gauchir, c'est principalement,
Lorsqu'il s'agit du régne & du Gouvernement,
Qui sera-ce après lui qui voudra faire instance,

De revoir le procès, pour casser la Sentence ;
Ce pauvre malheureux est un homme inconnu,

PILATE.

C'est en quoi, je voudrois bien lui servir d'azile
Puisqu'il faut encliner du côté plus débile.

SILLE.

Ces respects ne sont pas maintenant de saison.

PILATE.

Je suis encore astraint par une autre raison.

SILLE.

Pour quelle autre raison.

PILATE.

C'est que ma femme même,
M'écrit avoir été dans une peine extrême ;
pour son propre sujet pendant toute la nuit,
Je te veux faire voir ce qu'elle m'en écrit,

LETTRE DE LA FEMME DE PILATE
à lui même.

Monsieur je vous écris ces lignes pour vous
prier de ne vous point mêler de l'affaire
de cét homme qu'on vous a mis entres les mains
d'autant que j'ai reconnu, à mes dépens, qu'il
est innocent de ce qu'en lui veut imposer Si vous
sçaviez l'inquietude où j'ai été, combien j'ai
souffert pour son sujet la nuit passée, je ne doute
point que vous ne m'accordassiez promptement
ma Requête. je laisse à vous en faire le détail
quand le tems le permettera. C'est, Monsieur,
                    Vôtre Femme & plus
                    Humble Servante.

SILLE.

Vous vous arrêté donc aux discours d'une femme
je respecte beaucoup le conseil de Madame,
Mais il faut avouer que pour vôtre repos,

Celui qu'elle vous donne est trés mal-à-propos,
Il faut avant d'agir prévoir la conséquence,
Une femme s'arrête à la seule apparence,
Elle incline toujours à la compassion,
Mais l'homme dois avoir la résolution,
Et ne pas s'effrayer pour un simple fantôme.
Vous estimez un mont ce qui n'est qu'un atôme,
Pardonnez-moi, Seigneur, si je dis librement,
Dans ce rencontre ici mon petit sentiment.

PILATE.

Tu m'obliges beaucoup, mais pensons je te prie
A trouver un moyen qui lui sauve la vie,
Et me mettez en repos.

*Ici Pilate & Sille font deux tours du Théâtre
sans dire mot.* SILLE.

Il ne faut plus rêver.
Le moyen n'étoit pas difficile à trouver,
Vous sçavez la coûtume & l'ancienne pratique,
Dont se sert tous les ans ce peuple judaïque,
Pour l'absolution d'un certain criminel,
Vous leur proposerez en ce jour solemnel,
Afin de l'élargi.

PILATE.

Oüi da, mais que ferai-je,
S'il me font un refus ; j'ai lû leur privilége.
Il porte expressément qu'ils ont droit de choisir
Celui qui d'entre tous ils auront à plaisir
Je voi par leur envie & leur haine de diable,
Que tout autre que lui leur seroit agréables.

SILLE.

Or sas, je vous dirai ; je n'ai plus qu'un ressort,
S'il n'a pas son effet ; condamnez-le à mort,
Faites-le fustiger si bien qu'il y paroisse,
Mettez-le en tel état qu'à peine on le connoisse
Peut-être que ces gens voyant de tels effets,
Ne passeront pas outres & seront satisfaits.

PILATE

N'avois-je pas bien dit, j'oi du bruit dans la ruë
Le voici qui . . .

SCENE II.

*Le Centenier JESUS, les Prêtres réviennent de
Chez Herode : Pilate pour le sauver commande
qu'on le fouette.*

LE CENTENIER.

Seigneur, Herode vous saluë,
Il nous a témoigné qu'il étoit defireux
De voir & découvrir ce pauvre malheureux ;
Je croi qu'il esperoit de lui quelque miracle,
Mais ayant vû celui qu'il pensoit un oracle,
A ses interrogats ne vouloir dire mot,
Il l'a traité de fat, d'innocent & de sot,
Il l'a vêtu de blanc, puis la Gendarmerie,
En ont fait le sujet de leur boufonnerie,
Enfin, il le renvoye avec remerciment,
Abandonnant sa cause à vôtre jugement.

PILATE aux Prêtres.

Orsus voiez Messieurs, je sçai qu'un mot à dire
Vous sçavez que je suis établi de l'Empire,
Pour rendre en ce Peys le droit & l'equité,
Jusques à maintenant je m'en suis acquitté,
Graces aux immortels, il est encore à naître,
Qui me puisse acculer, ou qui fasse paroître,
Dans tout le contenu de mon Gouvernement,
Que j'ai forligné dans un seul jugement.

Vous m'avez presenté ce pauvre miserable,
Que vous faites passer pour un abominable,
Fourbe entreprenant, fourbe & seditieux,
Et moi l'interrogeant ici devant vos yeux,
Je ne voit rien du tout en ce qu'il me replique
Qui soit contre la Loi Romaine & judaïque,

Non je dis encore , aprés tout mon efort,
Je ne voi pas comment il eft digne de mort ,
Si vous l'avez fuivi vous même chez Herode,
Vous aurez remarqué fi l'on ufe de fraude,
Vous l'avez vû chez lui traiter comme infenfé
Car n'aïant rencontré ce qu'il avoit penfé ,
Il me l'a renvoyé pour en faire juftice, .
Or , afin d'égaler le crime & le fuplice ,
Je me fuis réfolu de le faire foüeter ;
Pour le rendre plus fage . & pour vous contenter

    PILATE *Aux Centenier.*

Dépêchés , Centenier , faites ce que j'ordonne ,
Attachez-le tout nud au pieds d'une colomne ?
Et me le fuftigez du haut jufques au bas ,
A tort & à travers , qu'on ne l'épargne pas ,
Si vous manquez de gens , apellez à votre aide
Le refte des Soldats afin qu'ils vous fuccedent ,
Puis me le renvoyez.

SCENE III.

CAIPHE raffure les Prêtres dans la crainte qu'ils
ont que Pilate délivre Jefus.
    CAIPHE.

    IL Croit être bien fin.
Avec tout fon difcours , qui n'en verroit la fin ,
Je l'oi laiffé caufer , & me fuis voulu taire,
Nous le verrions venir , il le faut laiffer faire.
    HIBRIN.
Oüi da , mais cependant nous aurons du deffou
Si l'ayant fait foüetter il le renvoye abfout.
    CAIPHE.
Il dit qu'il le fera , mais je n'en fais que rires
    IORAM.
Moi , je crains qu'il le faffe.

ACHAIAS.

On n'en sçauroit que dir

JOSEPH.

Sçachez qu'il fait passer d'une empire absolu,
Ce qu'il à bien ou mal une fois résolu.

MOSIE.

Je conjure le Ciel que ma crainte soit vaine.

RABAM.

Si j'avois été crû nous serions hors de peine
Car j'avois proposé d'aller à sa maison,
Afin de l'obliger à nous faire raison ?
Maintenant vous voyé, nonobstant vôtre excus
Pour ne l'avoir pas tait comme il nous la résu

CAIPHE.

Seigneur, que dites vous. pourquoi désespér
Je vous voi dans la crainte il vous faux rassur
Puisque je l'entreprend malgré toute l'envie,
Qu'il a de le sauver, il en perdra la vie :
J'en deviendré plûtôt moi même l'assasin ,
Oüi, je lui porterois le poignard dans le sein !
Et quand je l'auroi fait que ne doivent les prêtr
Sçai-je pas bien côment en usoient nos encêtr
Pour maintenir la Loi, pour venger son mépri
Repassé s'il vous plaît, pardedans vos esprits,
Moïse , Josué , Phinée & Helie,
Et bien plus récemment le brave Matathie,
Qui témoigne combien il en faisoit état,
Massacrant à l'Autel un infame apostat.
Helie en cas pareil moins puissant que vous n'êt
Défit bien quatre cens cinquente faux prophêt
Moïse apercevant un Juif, contres les Loix ?
Le saint jour du sabath rélevant quelques bois
Ne commanda-t'il pas que jetté contre terre,
On lui fit un tombeau sous un monceau de pierr
Et les autres enfin , que je vous ai cité,
Mais nous n'en viendront pas à cette extrêmité

e deſſein de Pilate eſt uraïment de l'abſoudre.
Et ne pouvant ſans vous il croit vous y réſoudre
Car la ſubtilité de ſon invention,
Ne tent qu'à vous porter à la compaſſion,
Il aura raiſonné ſans doute de la ſorte,
Lorſqu'ils verront celui qu'il penſe que ie porte
Contre leur interêt, par moi-même affligé,
Lorſqu'ils verront d'un corps rudement fuſtigé,
Quelque goutte de ſang s'écouler ſur la place :
Ils crieront auſſi-tôt que je lui faſſe grace.
Ainſi je pourrai voir le tout en iureté,
Les uns feront content & l'autre en liberté.
Mais quoi ce bon Seigneur nous prend'il pour
des buſes,
Qui n'aſſons pas l'eſprit de conneître ces ruſes
Or c'eſt ici Seigneur, qu'il faut vous préparer :
C'eſt contre un tel aſſau qu'il faut vous remparé
Point de compaſſion, faites-vous réſiſtance,
Si vous êter émûs, armez vous de conſtance,
Penſez que ſous la fleur eſt caché le venin,
Que c'eſt être cruel de paroître benin :
Et bien quil ſoit réduit dans un point déplorable
Qu'il ne mérite pas un régard favorable,
Il vous le produira tout couvert de ſon ſang ;
Il vous alléguera que c'eſt un innocent,
Qu'il le fera joüir de vôtre privilége,
Mais il faut répartir que jamais ſacrilège
N'eſpéra ſa faveur que ſans tant diſcourir,
Il faut abſolument qu'il le faſſe mourir,
Où qu'il eſt ennemis de Ceſar & de Rome,
Cela l'étonnera.

SCENE IV.

PILATE améne Jesus, flagellé pour le montre aux Prêtres.

PILATE.

Messieurs, voilà cét homme,

CAIHPE *Aux Prêtres.*

Je l'avois bien prévû.

PILATE. C'est la derniere fois
Je vous l'ai déjà dit, je ne vois point de Loix,
Qui condamne sa faute à plus griéve peïne :
Je l'ai fait chatier, enfin, je vous l'améne,
Voïez comme les foüets l'ont bien mortifié.

CAIPHE.

Nous avons résolu qu'il soit crucifié.

PILATE.

Mais pour quelle raison.

CAIPHE.

Vous parleriez une heure,
Sans l'espérer de nous : il faut enfin qu'il meurt

PILATE

Au moins écoutez nous : ne souffritez-vous pas
Que je vous le demande au lieu de Barrabas ?

Les Prêtres & le Peuple, tout ensemble
Qu'il soit crucifié.

PILATE. Quoi vôtre privilège
N'aura donc point d'éfet ;

Tout ensemble.
Point pour ce Sacrilége

PILATE.

Pensez qu'il en sera d'autant plus solemnel.

Tout ensemble.
Nous voulons Barrabas, pendez ce criminel.

PILATE.

Pendrai-je vôtre Roy,

Tous ensemble. Jamais cette Province,
Ne là réeonnu tel, César est Nôtre Prince,
Duquel vous ne sçauriez jamais être ami ,
Si vous n'exterminez son mortel ennemis.

PILATE.

Orsus vous me voïez contraint à vôtre instence,
De porter contre lui cette injuste sentence ,
Mais j'en seis innocent , vous en serez témoins
Qu'on m'aporte de l'eau que j'en lave mes mains

SCENE V.

CAIPHE fait imposer la Croix à JESUS &
· marcher au Calvaire.

CAIPHE, *Aux saldats.*

SOdats approchez vous , courage Capitaine ,
Vous pouvé aujourdhui vous païé de vos pene
Joignez-le hardiment & vous en emparez ;
Où sont les instrument , sont-il pas préparez :
Cordes , cloux & marteaux , le reste nécessaire
Chargez lui cette Croix & marchon au Calvere
Je veux l'humilier il est trop arrogant ,
Accouplez devant lui ces deux autres brigans ,
Condamné à la mort pour bien moins de malice
Ne vous épargnez pas avancez son suplice ,
Frapez blessez tué , nous vous l'abandonnons
Faites si vous poûvez pis que nous n'ordonnons

HIBRIN á JESUS.

Tu fais bien l'empêché.

MOSSE.

Marche plus vîte ,

ZAIS.

Il choppe à tous momens.

ORCHAS. C'est qu'il fait l'hipocrite.

LE CAPITAINE,

Le voilà néanmoins sous le fais abbatu.

CAIPHE.

Hé bien quoi vos bâtons nont-c'il point de vertu

LE CAPITAINE   (demeure,

Pardonnez-moi Seigneur, mais je crains qu'il
Avant que d'arriver où vous voulez qu'il meure
S'il mouroit sous ce bois, vous en seriez fâché,
N'ayant pas le plaisir de ly voir attaché.

CAIPHE.

Il vaut mieu lui donner quelqu'un qui le soulage

LE CAPITAINE

Seigneur, voici venir un homme de Vilage,
Contraignez-le à ce faire.

CAIPHE.   Hola, mon bon ami,

Viens-ça prête l'épaule, & soûtient à demi,
Le faix de ce pendar.

JESUS, aux Filles de Jerusalem pleurant.

Filles gardez vos l'armes,
Puisque le jour viendra de frayeur & d'allarmes
Qui rendant l'enremis sur vous victorieux ;
Obligera vos cœurs à couler par les yeux,
jour, qui doit bien heurer les femmes infertiles
Les ventres inféconds, les mamelles sterilles,
jour qui vous forcera de chercher un rocher,
Une antre, une coline, afin de vous cacher.
Pleurez sur ce sujet.

VERONIQUE. á JESUS.

Seigneur, faites moi la grace,
Que ce linge ait l'honneur d'essuyr vôtre face.

SCENE. VI.

*VERONIQUE seule considérant la figure de la
Tête sur son voile, parle ainsi.*

STANCES.

O Mon Dieu, qu'est ce-ci je dévient criminele
Pour avoir trop de zéle,

J'ai manque de prudence en cette occasion,
Voulant proceder plus d'amour que d'adresse ?
	j'en enport la piéce,
Et penfant obl ger: j aide à fa paffion.
	Sur mon Voile imprimé d'une vive teinture ;
		j'apperçois la pofture,
De ton chef, mon Seigneur, en fi mauvais état
Qu'il me faut aujourd'hui témoigner par mes
	Les fenfibler atteintes		plaintes,
Dont me perce le cœur cét horrible attentat.
	En le monttrant au Peuple.
	Voïez peuple, voïez je vous en fais la montre
		Si ce n'eft pas un monftre,
Un infame cahos, une profufion,
De fang & de crachats de cheveux & d'épines ;
	Où les traces divines,
Se trouve aujourd'hui dans la confufion.
	Pour avoir réparé, parmi tant de merveilles,
		Les yeux & les Oreilles,
Faifant de fa falive un onguent précieux,
Faut-il que maintenant on le paye d'écume,
	De bave & d'apoftume.
Qui lui couvre la face & lui charge les yeux,
Faut-il qué ces tumeur ce fang ces meurtriffures
	Ces mortelles bleffures,
Servent de récompenfe, & foient le payement,
De tant de guérifons, de faveurs & d'offices,
	De tant de bénéfices.
Que ces mains opéroient par leur attouchement
	Regardant le Ciel,
	Hélas! Pere Éternel, quelle étrange conduite
		Voir defcendre a la fuite,
Vôtre Fils, aujourd'hui couvert d'infirmité,
Qui ne craindra Seigneur que par cette baffe
	L'Eternelle fageffe,
e ferve de rifée à la Gentillité :

Quoi donc prétendez-vous par là faire cônoître
La grandeur de vôtre être,
Et tirer les humains d'un si profond sommeil,
Voulez-vous sous les traits d'une image gatée
Vous montrer à l'athée,
Qui ne vous peut connoitre au raisons du soleil.
Cette image, ô mon Dieu, servira de scandale
A la juifve cabale,
Et la confirmera dans l'incrédulité :
Car s'il faut aujourd'hui qu'un pilate le nomme
Pour montrer qu'il est homme,
Qui ne pourra douter de sa Divinité,
il est vrai que les Dieux pour expier les crime
Demandent des victimes,
Mais il faut que les fleurs en couronne le front ;
Et vous soufré, Seigneur quelle vous soit oferte
D'une épine couverte,
Sans tirer la raison dun si sensible affront.
N'avez-vous pas choisi grand pere de familles
Choisissant vôtre fille,
Le champ le plus heureux de ce bas élement,
Dou vient donc maintenant qu'un yvroi envieuse
Une épine outrageuse.
Vient à vous suffoquer ce beau brin de froment
Regardant son Voile.
Et vous n'êtes-vous pas la veritable Vigne
Dont la valeur insigne,
Produit le nectar : dont s'enyvrent les Saints
Comment donc êtes-vous changé en amertume
Ne coulant qu'apostume :
Sous le pampre épineux de vos fades raisins,
Vous ne l'entendez pas en matiére de plante,
Juifs, qui pour faire une Ante
Inserez sur le franc des surgeons épineux ;
Vous n'y cueillirez pas les raisis n'y les figues,
Les fruits de vos fatigues,

Seront doux aux Chrétiens & pour vous véneru
Mais qui l'amenera son étrange avanture,
  Sera ce la nature ?
Ile pour son Auteur dans l'endurcissement :
Qui le Pere Eternel ; son cœur est inflexible ;
  L'Homme, il est insensible,
Vous donc esprits de paix. pleurez amésement
; Mais que dis-je pleurez. vous devez faire fête.
  La cause est manifeste,
Puisqu'on à récouvré la perle & la brebis :
Tous riez au rétour d'une ame pécheresse ;
  Mourrez donc d'allegresse,
Puisque tous les pêcheurs vont être rétabliz.
Et vous, Pere Abraham, dont la réjoüissance
  Parut à la naissance
De ce divin enfant, rirez-vous aujourd'hui ;
Vous avez vû son jour, mais voici la journée,
  Journée infortunée,
Qui vous doit obliger de pleurer avec lui.
Mais non Pere Abraham témoigné de la joye
  Que tout le monde voye,
Qu' Isaac, est delivré des prise de la mort.
Et que le fils de Dieu, comme une pauvre bête
  Les ronces sur la tête ;
N'aura pas le crédit d'éviter son éfort.
Lui seul donc aujourd'hui restera sans remede
  Lui seul sans aucun aide,
Tournera le pressoir de ses âpres douleurs,
Lui seul fera couler par une vive empreinte,
  Le vinaigre & l'absinthe,
Lui seul épanchera le sang avec les pleurs

SCENE VII.

Salomé révient de derriére le Théatre comme h
d'elle même raconter à Veronique ce qu'elle à v

SALOME.

Quelle inumanité quel crime & quel outrag
Quelle étrange manie ou plûtat quelle rag
Hélas ! qu'avoit-t'il fait ; ô Tigre acharnez !
Le traiter de la sorte ! ô démons incarnez ;

VERONIQUE.

Comment donc chere sœur ;

SALOME.

O l'objet pitoyable !

VERONIQUE.

Dis moi ; qu'en ont-ils fait ?

SALOME'. O la chose pitayable

O les chiens affamez, O les loups ravislant ?

VERONIQUE.

Tu ne m'écoute pas, réprens un peu tes sens,
Est-il mort ? est-il vif : parle moi , je te prie

SALOME', *En soûpirant.*

Hélas je ne croi pas qu'il soit encore en vie,
Apres tant de douleur que son corps à soufert,
Puisque les vêtemens dont il étoit couvert,
Colez avec le sang à sa chair innocente,
A l'ancété d'abord par la main violente.
D'un Soldats inhumain brusquement arrachez,
Ont laillez tellement les membres écorchez ,
Que d'un million de coups n'est resté qu'une plai
La sang pour s'écouler par tout trouve sa voye
Et te puis aslurer qu'il n'est point de lépreux ,
En tout cet Vnivers plus vil & plus affieux.

VERONIQUE.

N'a t'il pas témoigné par quelque juste plaintes
Le grand ré nent de ses vives atteintes,

SALOME.

oint dutout chére sœur mais comme une brebi
onne insensiblement au tondeur ses habits,
insi ce doux Agneau, malgré leur insolence,
armi tant de doulous à gardé le silence.

VERONIQUE.

Hélas !

SALOME.

Ce n'est pas tout, tu n'as rien entendu
çathe que ces brutaux on si fort étendu.
es membres sur le bois à l'aide d'une corde,
'ils ont enfin rompu cette belle concorde,
e bras de mains de pieds de jambe & de corps
noisement liez par de puissant ressorts ;
ette belle union du tout & des parties,
ui n'a pû subsister malgré leur symphatie ;
eyoit en se brisant, par un si grand éfort,
ui donner mille fois & mille fois la mort,
i son divin amour pour la nature humaine,
N'eût encore exigé de lui quelqu'autre peine,

VERONIQUE.

Que peut on devantage ;

SALOME. Ils ont pris de gros clour,
Dont ses mains & ses pieds tiré jusques au troux
Afin de l'attacher à cette infame poûtre,
A grand coup de marteau sont percé d'outre en

VERONIQVE.   (outre.
Hé, coment, chere sœur, as-tu pû sans mourir
Le voir dans ces tourmens, ou sans le sécourir ;

SALOME.

J'ai tanté mille fois par force & par adresse,
De fendre & me glisser au travers de la presse ;
Mais ce peuple enragé, ces taureaux engraissé ;
Cette meutte de chiens à l'entour empressez,
Pour humer par leurs yeux la liqueur de ses vaine
Ont rendu mes étors, & mes instances vaines.

Je voyois bien, hélas! s'élever le marteau,
J'entendois bien le bruit que rendoit le poteau,
Et l'écho de leur voix ne répendant que rage,
Je croi qu'en le frapant ils se difoient courage

VPRONIQVE · horreur,

O mon Dieu quel outrage! ô mon Dieu quelle
La pointe de ces cloux me traverfe le cœur.

SALOME.

Enfin ces furieux avec cette machine,
Ayant pû foulever la puiffancé Divine,
Dans un trou fur le toch cavé profondement,
Ont laiffé dévaler fon pieds fi rudement,
Que ce corps étonné d'une telle furprife,
Aux cloux qui le tenoient avroit oté la prife;
Si les folides nerfs qui compofent fes mans,
N'avoien en s'arrêtant fervi fes inhumains,
Expofant. ô malheur! tout à nud fans obftacle
Aux yeux de l'univers cet horrible fpectacle?
C'eft ici que . . .

VERONIQVE.

Mon Dieu, l'épouventable bruit
Qu'eft-ce-là chère fœur, pourquoi déjà la nuit.

SALOME.
Hélas!

VERONIQVE.
Hélas:

SALOME.
Hélas! cette machine tremble.

VERONIQVE.
J'aperçois devant moi des ombres fe me femble

SALOME.
Dévons nous aujourd'hui voir ce monde détruis

VERONIQVE.
Hélas! ma fœur.

SALOME.
Hélas!

SCENE VIII.

JOSEPH D'ARIMATHIE & NICODEME,
viennent anoncer à Veronique & Salomé la
mort de Jesus, & ce qu'il s'y est passé.

JOSEPH.

Il a rendu l'esprit.

VERONIQUE & SALOMÉ.

Il est mort.

NICODEME.

Il est mort & toute la nature,
Vous l'à pû déclarer.

VERONIQVE. O la triste aventure ?
L'univers se déclare, il y paroit assez
Et s'arme en sa faveur contre ses insensez.

NICODEME

Nous sommes arrivez l'un & l'autre au Calvere
Assez tôt ô malheur, pour voir cette misere.

SALOMÉ.

Quoi faisoit-ton pour lors ;

JOSEPH.

On élevoit la Croix.

SALOME.

Hélas, c'est justement l'heure que j'en sortois
Ne pouvant suporter une fin si funeste.

VERONIQVE

Mais de grace, seigneurs raconté-nous le reste

NICODEME.

Ce n'est pas le moyen d'apaiser nos douleurs;

SALOME.

Nous y compatirons, & verserons des pleurs.

JOSEPH

Or sus vous le voulez, sçache donc noble Dame
Que ce peuple enragé, que ces bourreau infame
Les prêtres & docteurs, scribes, Phatisiens,

A l'entour de son corps amaſſez comme chiens,
N'ont ceſſé d'äboïer, ne pouvant plus le mordre

NICODEME.

En eſer, on ne vid jamais plus grand déſordre
Il n'eſt point d'invective & d'imprécations,
D'inſolence, d'afrond, de malédictions,
Il n'eſt point de vergogne, injure ou vilenie,
Outrage, indignité, réproche & calomnie,
Que ces blaſphemateur n'aye vomi contre lui

JOSEPH.

Les-uns crioient tout haut, voilà voilà celuy
Qui devoit renverſer ce fameux édifice.
Voila cet enchanjeur qui par ſon artifice,
Le pouvoit en trois jours remettre en ſon état,
Va donc, va malheureux ; pourſuit ton atentat

NICODEME. tête,

L'un frapoit dans ſes mains l'autre mouvoit la
L'autre frapoit des pieds comme une fiere bête,
Un autre eu s'ébattent holà ho, Fils de Dieu,
Sauve-toi, diſoit-il ? abandonne ce lieu.

JOSEPH.

Toi diſoit celui-là : qui guériſſoient les autres
Remedie à tes maux. & nous ôtes les nôtres.

NICODEME.

Enfin, l'on n'entendoit qu'une confuſion
Tout tendoit a ſa mort, tout à ſa paſſion,
Tout augmentoit ſon mal ; ces miſerable même
Qu'ils pendoient avec lui n'étois pas ſans blaſ-

VERONIQVE. phêmes,

Qui le croiroit, hélas ; quelle comparaiſon ;
Vn Prophête eſt vangé, deux Ours lui font raiſo
Et vous ſouffrez Seigneur . . .

SALOHE. N'avoit-il point de foudre
Pour broyer ces méchan & les réduire en poudre
Non puiſque ſa bonrez les avoir oublié :
Mais u'en auroit-il fait ; ſes bras étoient liez

NICODEME à JOSEPH.

Nous obtenons, eigneur, quen cette populace
Châcun lui presentoit differentes grimaces,
Vn le montrot au doi, l'autre clignoit les yeu
L'autre geinçoit les dents, & les plus serieux,
Voyant châcun joüer si bien son personnage,
Se contenoient d'en rire & leur donner courage

VERONIQVE.

Hélas i je serois morte.

Salomé.

Et moi morte cens fois.

Ioseph.

Cependant les Soldats, à l'ombre de sa Croix,
Ces ames de métail que le lucre chatoüille,
Ces loups devant ces yeu butinoient sa dépoüille

Nicodême.

Ils vouloient déchirer cét ouvrage si beau,
Afin d'en départir à chacun un lambeau,
Mais ayant remarqué qu'il étoit sans coûture,
Son point si délicat, sa luisante teinture,
Ils ont changé d'avis & se sont accordez,
Que le sort qui préside au milieu de trois dez,
De tout ce differend devoit être l'arbitre.
Donnant au plus heureux . . .-

Veronique. Heureux à juste titre.
Heureux, dis-je celuy s'il connoit son bonheur
Que le sort a comblé d'une t'elle faveur.

Salomé.

Mais hélas plus heureu cent fois qu'il ne te seble
Ayant le vêtement & la beau tout ensemble.

Ioseph.

Enfin pour accamplir son genereux dessein,
Ayant recommandé sa Mere à son Cousin,
& le même Cousin, comme fils, à sa Mere ;
Son esprit aux abois dans les mains de son Pere
Apres avoir prié pour tous ses ennemis ;

Exulé les exez de leurs crimes commis ;
Il s'eſt plaint de la ſoif & demandant à boire
Ce doux émanuel, dont nous perle l'Hiſtoire,
Qui ne devoir goûter que le beure & le miel ,
A pourtant avalé le vinaigre & le fiel.

Veronique.

Le Vinaigre & le fiel ; ô le pouple farouche ,
Lui porter le venin juſques deaans la bouche

Ioſeph.

Er fin , dis-je cét homme ayant tout accompli,
Ce Phœnix dans le tru dont il étoit rempli ,
Ce pilote agité de ſi puiſſant orages ,
La ſueur ſur le front les yeux pleins de nuages
Le corps chargé de coups le cœur gros de douleur
Le viſage innondé de mort & de paleur ,
Ce Dauhin ſous les ſlots d'une horrible tempête
Raliant ſes eſprits a pû lever la tête,
& dans un tel etoir ſe voyant aux abois ,
Pouſſant de ſes poulmons une étonnante voix,
A rendu . Mais helas , faut-il que ie profere!
Son eſprit bienheureux dans les bras de ſon pere

Salomé.

Mon Dieu c'eſt à ce coup ; je pâme , chere ſœur.

Veronique.

& moi tout me défaut , je na'i plus de vigeur ;

Nicodême.

Non non prene courage ; aŷez de la conſtance
Nous dévons a ce corps la derniere aſſiſtance ,

Ioſeph

Allons & vous & nous préparer le Tombeau ;
Qui nous doit ralumer dans trois jours ce
flambeau.

FIN.

LE MASSACRE
DES INNOCENS.

Qui se joüe par Personnes.
Ses Personnages sont.

Le Roy Herode.	Le Lieutenant.
L'Ecuyer.	Les Innocens.

LE ROY,

JE suis Herode ainsi Nommé,
Qui de ce Pays suis le Seigneur,
Ainsi je veux être Appelle ;
Et veux que l'on me fasse honneur ;
Qu'en dites vous mon Ecuyer,
Ne suis-je pas Roy Couronné,
Le plus beau, le plus parfait homme,
Dessous le tour du Dominé ?

L'Ecuyer.

Oüi, Monseigneur, il n'est point d'homme
qui oseroit vous le nier,
Et qui sçauroit jamais trouver,
Un plus grand & plus puissant homme,
Dessous le tour du Dominé.

Le Roy.

Ecuyer tu dis verité. je suis le Baron des Barons
Je veux toûjours être écouté,
Pour m'obéir en tous Cantons,
Je suis Monarque en tous endroits,
A mes sujets je veux la paix ;
Je n'ai envie que dessus Dieu,
Car plus grand que lui je veux être.
Mon cœur brûle déja du feu,

D'ambition pour être Maîtres.

L'Ecuyer.

Sire, l'on fait un bruit par Ville,
Qui par tout cause un grand effroy;
Trois Roys cherchent un autres Roy
J'en ay bien vû troubler dix milles.

Le Roy.

Un autre Roy ! Est-il possible;
Fais-moi venir ces enquêteurs,
Qui de tels propos sont porteurs,
Leur langue leur sera nuisible.

L'Ecuyer.

Tout beau, Sire, je m'y oppose,
Je veux vous dire une autre chose,
Si mon Conseil vous voulez croire,
Je comprend un peu cette Histoire.

Le Roy.

Soit fait ainsi que tu l'entends ;
Assure-toy que j'y consent.

L'Ecuyer.

Sire, pour un il vaut bien mieux,
Que nous en fassions mourir deux,
Pour deux en faire mourir trois :
Pour trois en faire mourir quatre;
Pour quatre en faire mourir vingt,
Pour vingt en faire mourir cent,
Que vous soyez aucunement
De Vôtre Royaume interdit.

Le Roy.

Penses-tu que ce petit Dieu,
Voulut sur Moy anticiper ;

L'Ecuyer.

Non Sire, il ne le fera pas,
S'il n'a point des forces assez.

Le Roy.

Si je sçavois grand Jupiter,
Que bien-tôt mes Aigles Dorées,
Non plus que mes pointes d'épées,
N'auroient deformais plus de nom ;
Ah ! je chercherois un Tombeau,
Ou bien je me noyerois en l'Eau :
Afin de dévaler plus prompt,
Aux sombres Caves de pluton,
Où les grandes engoisse sont.

L'Ecuyer.

Sire, n'y entrez si avant
Car la temerité souvent,
Conduit & pousse les grand Roys,
Par défespoir jusqu'aux abbois.

Le Roy.

Que veux-tu que je fasse ;
Souffriray-je un Enfant,
Commander en ma place ;

L'Ecuyer.

Non, Sire & je l'avoüe,
Devant vous tout est boüe :
Mais pourvoïons toûjours au malheur incertain
Et n'attendons jamais à le faire à demain.

Le Roy.

Le Sçeptre que je tiens doit commander à tous.

L'Ecuyer.

Sire, aucun je n'ai vu rebeller contre vous,

Le Roy.

Je te prie, Ecuyer, laisse-là ces fornettes,
Qu'on fasse retentir le son de mes Trompettes
Pour faire ramasser le gros de mon Armée ;
En faisant massacrer des Enfans à milliers.

L'Ecuyer.

Sire je n'oserois bonnement réfuser
Les Royales faveur que vous me prefentez ;

Je suis en vôtre Cour entendant vôtre voix ;
Et serois malheureux si je n'obéïssois.

Le Roy.

Fais obéïr bongré , malgré ,
Qu'il ne démeure aucun Enfant ;
Qu'il ne soit Mossacre sout l'âge de sept an

L'Ecuyer.

Or l'heure est donc venuë ,
Il faut que j'accompliffe : La volonté du Roy
Qui demande justice. je suis venu vers vous,
Lieutenant Général ,
Par le Commendement du grand prince Royal
Pour vous dire nouvelles ; toutes fraiche venuë
Qui font en nôtre Cour fans y commettre abu

Le Lieutenant.

Déja le cœur me tremble & suis faisi de peur,
Qu'en la Noble judée ny ait quelque malheu
Dis-moi donc Ecuyer, Quels font du Roi le
vœux ,
Que lui plaît-il enfin que nous fasions tous deu

L'Ecuyer.

Ainsi a dit le Roy ,
Que nous marchions ensemble,
Conduisant les soldats par ville & Campagn
Et davantage il faut encore rechercher.
Le nombre des petits fans aucun respecter.

Le Lieutenant.

Le Roy ne veut-il pas ses Enfans conserver ;

L'Ecuyer.

Sauf la vôtre , Morsieur.

Le Lieutenant.

Veut il point enrôler le nombre des petits ,

L'Ecuyer.

Sa Majesté entend qu'on les fasse mourir.

Le Lieutenans.

Seroit-il bien possible : O chose forte à croire ;

L'Ecuyer.

Monsieur, il nous en faut un sacrifice faire ?

Le Lieutenant.

Or l'heure est donc venuë,
Et l'ordre est trop connuë ;
C'est un serment du Roy,
Faisost de toutes parts que l'on vive en sa Loy
Allons, allons soldats,
Obeïssons au Roy,
Et quand est de ma part, j'y feray mon devoir
Mourez, Mourez enfans.
Puisque c'est le vouloir,
De ce Roy de Judée,
De Rage & de fureur,
De Coutelats Tranchans ;
Herode par Arrest : Vous à fait ce présent.

L'innocent, Fils du Roy :

Mon Pere n'entend pas, O Titans déloyaux ;
Que me fassiez mourir.

Le Lieutenant.

Du Pere il ne m'en chaud,
Le Roy le veut ainsi.

l'Innocent.

Hélas ! que luy ai-je fait.

Le Lieutenant.

C'est un Arrêt du Roy, qui doit être parfait.

l'Innocent.

Adieu donc ma patrie !
Adieu donc ma Nourrice
Adieu belle Judée, Terre d'ou je suis né,
Hélas ! je perds ma part,
Des beaux Palais Royaux,
Pour prendre ici ma part,
Des peines & Travaux,

L'Ecuyer.

Quels Cris, quels pleurs,
Quelle voix lamentable, que j'entend soûpirer,
De regrets miserable,
Qu'as tu fait, Malheureux,
Le propre Fils du Roy;
De ton poignard Tranchant,
Est mort en cét endroit.

le Roy Entre au Théatre.

Ecuyer dis moi hardiment Car il faut déclaré
La cause du toûrmens qui vous fait lamenter.

l'Ecuyer.

Sire je vous suplie, Que de me pardonnez,
Si en vous le disant, je vous fais Courroucer.

Le Roy.

Va, tu es tout excusé,
Compte tout promptement,
L'inquiétude qui tient, ton ame en ce toûrmêt.

L'Ecuyer.

Nous étions éxpedient, de l'Edit Ordonné
Tuant les Innocens de par vous Condamnez,
Le Gouverneur d'icy,
Vôtre Fils Rencontra,
Etant entre ses mains, A la Mort le livra :
Souvent il regrettoit, Son pere, aussi sa Mere,
Et souvent il disoit,
Mon Pere n'entend pas,
Qu'on lui livre si-tôt son Enfans au Trépas.

Le Roy.

Or prend donc Ecuyer,
Ce Diadême & ce Sceptre,
Car je m'en vais là-bas :
Chercher un autre Régne,
Mon fils est au Trépas;
Et je suis demeuré,

Opiniâtre Vieillard,
Opiniâtre Vrayment,
Car si j'eusse laissé,
En paix le Dieu du Monde,
Je ne serois si tôt,
Tombé dans l'Arche Ronde
O cruel Ravissant,
Es-tu pas abbusé,
Je suis assez pourvû,
De force & de puissance,
Moi méchant Homicide,
Aveuglé de fureur,
Le mal dont les Enfans,
Auront eû même horreur,
Qu'ai je fait, ô Blasphême
J'ay meurtri mon Enfans,
Pour avoir accordé,
Si-tôt A L'avarice.
Je dépite les Dieux,
Je dépite les Cieux,
Je dépite la Terre,
Qui se veulent mouvoir,
A me faire la Guerre,
Tonnez, Vantez, Navrez,
Mon Ame Criminelle.　　F I N.

NOEL NOUVEA,

Sur la Naiſſance de Jesus. ſur l'Air Ingrat
Berger, &c. Où des Folies d'eſpagne.

OU va mon cœur un feu Divin l'en-
flame ?
Quel doux objet me ravic aûjourd huy ?
Je ne ſuis plus le Maitré de mon Ame,
Jeſus naiſſant l'attire tout à luy.

Ce beau ſoleil vient ſur nôtre hemiſphere
Pour diſſiper les ombres d'une nuit,
Qui nous couvroir d'horreur & de miſere
Mais auſſi tôt qu'il ſeléve elle fuit.

Le doux concer d'une aimable muſique
Révele enfin ce Dieu de Majeſté ;
Puiſque dans l'air une troupe Angelique
Chante aux Paſteur la paix, la liberté.

Du Saint Eſprit une Vierge féconde,
Vierge ſans tâche, exemple de douleurs,
A cette nûit fait paroître en ce monde,
Celuy qui doit finir tous nos malheurs.

Riche préſent que fait ſon divin Pere,
Pour nous marquer qu'il n'eſt plus en
couroux ?
Riche préſent que fait ſa chaſte Mere,
Nous le donnant pour nous rachepter tous
Châcun de nous lui doit faire une Of-
frande ?
Mais que donner pour un juſte rétour,
A cet excès faut qu'un bon coeur ſe rende
Puiſqu'il nous aime,
Aimons-le à nôtre tour.   FIN

DU PATRIARCHE JOSÉPHE.

Vendu, Chaste, élévé aux honneurs
de l'Egipte, & reconnu de
ses Frêres Sur l'Air,
Jesus plain d'Amour extrême, &c.

JOSEPH VENDU.

JOSEPH A SES FRERES,

P Ermettez qu'avec franchise, Je vous dise ;
Ce que j'ay vû cette nuit .
Ne condamnés pas mon songe de mensongé,
Car c'est Dieu qui la produit.

Ses Frêres

Tu veux faire le Prophete, De ta Tête ;
Et tu nous rend plus jaloux,
Tout ce que tu dis nous choque, & prévoque
Contre toi Nôtre courroux,

Joseph.

Vous me croirés un superbe, Car ma gerbe ;
Avoit les Vôtre au tour,
Elles lui rendois hommage, Pour présage,
Que vous me feres la Cour.

Ses Freres.

Tu Nous pique, tu nous braves, En Esclaves
Seront . nous tes Serviteur ;
Tu n'acquiers que nôtre ha ne , Pour ta peine,
Nous ne sommes point flateurs.

Joseph.

J'ay vû sous des sombres voiles, Onze Etoiles ; .
L

La Lune avec le Soleil,
Ils m'ont fait la reverance, En silence,
Tout le long de mon sommeil.

Son Pere.

Tu crois donc que châque Frere Pere & Mere
Doivent un jour t'adorer,
Chasse loin ta propre estime, Comme un crime
C'est à toi de m'honorer.

Joseph.

De bon cœur mon très-cher Pere, je revere,
Tout ce qui depend de vous,
Vous serez toujours le Maître, je veux être,
L'humble serviteur de tous.

Son Pere.

Va cher fils par les montagne Les campagne,
Les vaons, & les cauteaux,
Va voir l'état des affaires, De tes frères,
Et celuy de nos troupeaux.

Joseph.

De ce pas avec liesse, & vîtesse,
Ie vais chercher nos Bergers :
Prié Dieu pour se voyage, Qui m'engage,
A mille & mille d'angers.

Un Passant.

Mon ami tu ne voit goute Dans ta route,
Tous tes pas sont égarez,
Ie crains fort que quelque bête, Ne t'arête,
Au milieu de les forests.

Joseph.

Quelque Tigre, Loups, & louve que je trouve
Le Seigneur peut m'en sauver,
J'ai cherché par tout mes Freres, Solitaires
Sans avoir pû les trouver.

Le Passant

Ils ont dit qu'ils alloient faite Leur répaire,
Au quartier de Dothain,

Si tu veux trouver leur gite , Marche vîte ?
Et prends le plus cour chemin.

Ses Freres.

Voici celui qui nous fâche Sans relache
Mais il faut le terrasser ,
Punissons ses rêveries ; ses folies ,
En feignant de l'embrasser.

Ruben.

Oseriez-vous vous défaire , d'un tel Frere ,
Sans épargner vôtre cher ;
Je n'y sçaurais condescendre , Ni me rendre ,
Cet innocent m'est trop chair.

Ses Freres.

Nous trouverons pour couverte , de sa perte ,
On les Tigres ou les Ours .
Il nous a voulu prédire , son Empire ;
Il faut terminer ses jours.

Ruben.

Cette Citerne profonde , Nous seconde ,
Pour le conserver vivant ,
Donnons-lui cette demeure sans qu'il meure ,
Aucun n'en aura le vent.

Judas.

Son sang crietoit vengeance : Sans clemence ,
Contre nos cœurs fraternels ,
Il sera mieux de le vendre , pour nous rendre ,
Devant Dieu moins criminel.

Ses Freres.

Va tu point Ismaëlite , En Egipte ,
Avec ta myrre & ta poix ;
Nous te vendrions cet Esclaves jeune & braue ,
Qu'on à trouvé dans ce bois.

Ismaëlite.

J'ai vuidé presque ma bourse Dans ma course
Je n'ai que bien peu d'argent ;
Voïez si nous pourrions faire cette affaire ,

Pour vingt deniers feulement ?

Ses Freres.

Cette fomme fuffifante   Nous contente,
Prend cet efclaves & r'enfuit,
Tu peux aller le revendre & t'attendre
De gagné beaucoup fur lui.

Ruben.

Ah! Citerne déloyale & fatale,
Qu'as-tu fair du pauvre Enfans,
Je ne vois plus n'y fa face; N'y fa trace,
De regret mon cœur fe fend.

Que deviendra Nôtre Pere, D'ebonnaire,
Que penfera-t'il de nous ;
Il croira qu'en fe boccage, Nôtre Rage,
A livre jofeph aux Loups.

Ses Freres.

Que nous fert-il de tant craindre Il faut teindre
Sa robe au fang d'un chevreau,
Et puis nous ferons en forte qu'on là porte
A jofeph ce vieux Gemeau.

REFLEXION.

Tu vois Pêcheur que l'envie fut fuivie
Du plus noir des attentatsr
Abhorre donc & détefte Cette pefte,
Qui trouble tous les Etats.

Ne tire plus ton fuplice, Par ce vice,
Du bonheur de ton prochain,
Change foudain ta trifteffe, En lieffe,
Lorfque tu verras fon gain.

Laiffe réüffir ton Frere, Sans rien faire
Contre fa profperité,
Demande à Dieu qu'il enflame, Dans ton ame
Le feu de la Charité.

LA CHASTETÉ DE JOSEPH.

Ses Freres.

Porte cette Robe teinte , Va sans crainte,
Vers jacob Nôtre Vieillard :
Tu diras que tu l'as prise , Par surprise,
Sous les dents d'un Leopard.

Le Messager au Pere.

Connoissez vous cette Veste , C'est un reste ;
Que j'ai dépuis peu de tems ,
Un gros Leopard sauvage ; plein de Rage ,
Prit Joseph entre ses dents.

Son Pere.

Ah ! Joseph ah ! mon aimable , Fils affable ,
Les bêtes t'ont devoré :
Je perd avec toi l'envie , D'être en vie ,
Le Seigneur soit Adoré.

La Marchand Ismaelite.

Je veux une bonne somme De cet homme ;
Puthiphar l'agreerés - vous ;
Il est propre à l'Intendance ; Sa prudence ,
Le fera cheris de tous.

Putiphar.

Joseph ; ta fortune est faite . Sois honnête ,
Humble & doux simple , prudent,
Prends mes biens & les conserve sans réserve ;
Je te fais mon Intendant.

Sa Maitresse.

Je soufre un cruel Martyre ; je soûpire ,
Cher joseph . pour t'on amour :
Sois touché de cette flame Dont mon ame ;
Brûle pour toy nuit & jour.

Joseph.

Madame Dieu me régarde , je n'ai garde ;
Rien faire contre lui ,
Serois d'ailleur bien traître , A mon Maître
Qui met en moi son appuy .

Sa Maitreſſe.

Rejette - tu mes Careſſe, Mes richeſſes,
Veux - tu pas me contenter,
Ah ! ſi ton cœur me réfuſe , Par ma ruſe,
Ie te feray tourmenter.

Ioſeph.

Ie foule aux piends les délices , Les ſuplices,
Les honneurs & le poteau ,
Ie vaincrai vôtre pourſuitte , Par ma ſuite,
Vous n'aurez que mon Manteau.

Sa Maitreſſe.

Putiphar venge ta femme, Un infame ,
Vouloit lui ravir l'honneur,
C'eſt joſeph cet impudique ; Ce critique,
Qui tient de toi ſon bonheur.

Putiphar.

L'attentat eſt, il poſſible Choſe horrible!
Dites-vous la verité ,
j'ai bien de la peine à croire, Cette Hiſtoir;
Sçachant ſon honi êtreté.

Sa Maitreſſe.

Ie ſoûtient ce que j'avance, Ma conſtance,
A fait tête à ſes deſſeins,
La preuve de ma conduitte , C'eſt ſa fuite,
Et ſon Manteau dans mes mains.

Putiphar.

Ioſeph ton ingratitude m'eſt plus rude ,
Que t'on infidélité.
Meurs dans la priſon obcure, T'on jnjure,
M'oblige à la cruauté.

Ioſeph.

Adorable providence , l'innocence ,
Me rend calme en ma priſon,
Elle convertit mes chaines , Et mes peines
En des ſujets d'Oraiſons.

Le Concierge.

Cher joseph, retiens tes larmes Tu me charme
Par tes excellens propos;
Je remets a ta prudence ; l'Inteneance ,
Sur tous ceux de ces Cachots.

Joseph à deux Prisonniers.

Quel chagrain insuportable , Vous accable
Expliquez vous fronchement ,
J'optiendrai par mes priéres Des lumiéres ,
Pour Vôtre eclercissement.

L'Echanson & le Panetier.

Nos ames sont accablées Et troub.ée
De deux songes fors obscurs.
Du Raisin de la Farine , Nous chagrine
Et désole ainsi nos cœurs:

Joseph.

L'Echanson aura sa grace, Et sa place
Mais le Panetier mourra ,
Ne tenez pas mes paroles pour frivolles
Ce que j'ai dit se verra.

Pharaon aux dévins.

Mon Esprit est dans la gêne Fort en peine ;
De deux songes que j'ay faits
Et je ne trouve personne Qui raisonne,
Sur la cause & les effets.

L'Echanson au Roy.

Je connois un sage Esclaves Doux & graves
Qui gemit dans vos prisons
J'ose , Sire ; Vous promettre Qu'il est maître
Pour en sçavoir les raisons.

Pharaon.

Qu'on le tire de la chaîne Qu'on l'amene ,
Je suis content de le voir :
Faites-le entrer dans la salle Principalle ,
Où Nous verrons son sçavoir.

REFLEXION.

Si tu veux sauver ton ame De la flame ,

Du Démon d'impureté ,
Fuis tout objet qui te tante Car ta pante
N'a point d'autre fûreté.

L'épine garde la Rofe, Et foppofe ,
Lorfqu'on v.ut l'approcher ,
Sois retenu , fois auftere & fevere
Dés que l'on veut te toucher.

Veille avec un foin extrême Sur toi-même ,
Tu Sçait ta fragilité ,
Crains fur tout ta vaine gloire, Ta Victoire ;
Dépend de l'humilité.

JOSEPH,
élévé aux honneurs de l'Egipte.

L'Echanfon.

CHER jofeph bonne nouvelle par ton zéle
Le Roy te fais appeller .
Quitte là toutes tes chaines ; Que tu traine
Viens à lui fans chanceler.

Iofeph au Roy.

Quelle chofe avez-vous , fire ; A me dire ,
Que defirez vous de moy ?
Il n'eft rien qu'avec la grace, je ne faffe
Pour Obéïr à mon Roy.

Pharaon.

Il faut que tu pronoftiques , Et m'explique ,
Quelque fonge que j'ai faits ,
On connoitra ton mérite, Dans l'Egipte
Par mes fignalés biens faits.

Sept Vaches groffe allegres, Par fept maigres
Mes yeux ont vû dévorer?
Sept plains épis par fept vuides, Tous arides
Cela ma fait foupirer.

Joseph.

Grand Prince , à sept ans fertiles ; Sept sterilles
Aussi-tôt succederont ,
Prevenez par l'abondance ; l'indigence ,
Où vos sujets periront.

Pharaon.

Joseph je t'en fais le maître , Fais paroître ,
Ta prudence à gouverner ?
Partage pour recompense , Ma puissance ,
Je ne te veux point borner.

Joseph.

Que puis-je vous rendre , Sire , Pour l'Empire
Que vous m'ordonnez sur tous ,
Nonobstant cette fortune , Peu commune ,
Je veux être a vos genoux.

Pharaon.

Il suffit que tu me serves , & conserves ;
Tous les biens de mon Etat ,
Si j'aprends qu'on te traverse , Qu'on t'exerce
J'en punirai l'attentat.

Jacob à ses Enfans

Nous voici dans la famine , Sans farines ;
Et sans un grain de Froment ;
Le bruit cour qu'on en debite en Egipte ,
Allez-y donc promptement.

Les Enfans.

Nous n'y connoissons personne qui nous donne
Vers le Prince un libre accès ,
Nous perdons déja courage , Ce Voyage ,
N'aura pas un bon succez.

Son Pere.

Faites comme je propose , Toute chose ,
Dieu Nous sera provident ,
Portez une bonne somme , A cet homme ;
Qu'on a fait sur-Intendant.

M

Ses Freres à Joseph.

Agréez grand personnage, L'Humble homage
Que'n tremblant Nous Vous rendons,
Nous venons vous réconnoître pour vrai maître
Des biens que Nous possedons.

Joseph

Ce ne sont que des souplesses, Des finesses,
Pour épier le Païs ?
Et si je ne vous accorde Que la corde,
Vous serez bien ébahis.

Ses Freres.

Que le Ciel par la justice Nous punisse,
Si nous avons ce dessein,
Nous sommes venus vite En Egipte
Que pour acheter du grain.

Joseph.

Je veux qu'on vous enprisonne & j'ordonne
La torture sans merci,
Que châque Frères me dise Sans feintises,
Si vous êtes tous ici.

Ses Freres.

Il reste encore Nôtre Pere Outre un Frere,
Qui se nomme Benjamen,
Pour Joseph le penultiéme Nôtre onziéme,
Il fit une triste fin.

Ruben à ses Freres.

Vous voulutes satisfaire la colere,
Vendant Joseph vingt deniers,
Il est juste que Dieu venge, Ce bel Ange
Nous détenans prisonniers.

Ses Freres.

Souffrons tous la juste peine De la haine
Qui nous le fit vendre à cord,
Et perdons toutes esperance Nôtre offence
Merite à bon droit la mort.

Joseph.

Juste Cieux ! leurs pleurs, leurs craintes,
Leur complaintes,
Me contraignent de pleurer,
Il faut donc que je me cache, Que je tache,
De les faire renvoyer.
Trois fois Saint ? Dieu de mon ame,
je me pâme,
Du plaisir que je reçois.
La joye excite mes larmes O quel charmes !
J'ai mes Frêres avec moi.
Maî re d'Hôtel tout à l heure Sans mesure,
Remplie les sacs de ces gens ?
Tâche ensuitte par adresse & vitesse
D'y fourer l'argent dedans.

Ses Frères.

Monseigneur, le Ciel vous rende la guirlande
Qui répond a vos biens faits,
Vous méritez la Couronne, Que Dieu donne
Aux hommes les plus parfaits.

Joseph.

Je detiens en Esclavage, Pour otages
Simeon sage & benir,
Je prétend qu'il y demeure jusqu'à l'heure,
Que je-verrai Benjamin.

REFLEXION.

Si Dieu permet qu'on t'abesse,
Qu'on t'opresse,
Garde toi de perdre cœur,
L'adversité de ce monde, Te seconde,
Pour demeurer le Vainqueur.
Lorsqu'il veut qu'on te revere Sur ton Frere
Et qu'on t'eleve aux grandeurs,
Souvient toi de la poussiere De ta bierre,
Au milieu de tes splandeurs.
Si l'orage & la bonnace, Par la Grace,
Sont dans un cœur bien d'accord ?

Tu ne feras point naufrage , Car l'Orage ,
Te conduira dans le Port.

JOSEPH RECONNU.
De ses Fiêres.

Ses Freres.

Rjoüiſſez - vous cher Pere Nôtre affaire
Nous à trés bien reüſſi ?
Nous aportons l'abondance , Sans dépenſe
Nôtre argens eſt tout ici.

Son Pere.

Vôtre vûë conſolente, Me contente ,
Vôtre récit m'eſt bien doux ,
Mais je mêle l'allegreſſe La triſteſſe ,
Car je ne vous vois pas tous.

Ses Freres.

Le Sur - inrendant modérne , Qui gouverne,
Veut voir vôtre Fils dernier ,
Attendant qu'on le lui mene Une chaine ,
Tient Simeon priſonnier.

ſon Pere.

O Cieux ! que cette nouvelle M'eſt cruelle ,
Que ce coup eſt étouffans -
Faut-il que dans ma vieilleſſe On me laiſſe ,
Sans appuy d'aucun enfans.

ſes Freres à Ioſeph.

Monſeigneur , c'eſt avec peine ,
Qu'on vous mene ,
Ce Cadet de la Maiſon ,
Nous vous ſuplions de dire , Qu'on retire ,
Nôtre Frere de priſon.

Ioſeph à ſes Domeſtiques.

Qu'on dreſſe une double Table bien ſortabl
Pour traiter ces Étrangers ,

Que tout y foit manifique Quon s'appliques
A montrer des cœurs ouverts.

Cher amys entrez de grace, Prenez places;
Ie fais pour vous le festin,
Parlez-moi de votre Pere; Sans rien taire;
Commencez; cher Benjamin.

Benjamin.

Nôtre Pere vous implore, Vous Honnore,
Tout confus de vos bontez:
Son cœur devant vous s'épanche En revenge,
De vos luberalité.

Ioseph à fes Domeſtique.

Iettez pendant que l'on foupe, Cette Coupe;
Dans le Sac de Benjamin,
Et puis allez les attendres, Pour les prendre,
Lorfqu'il feront en chemin.

Le Maitre d'Hôtel.

Malheureux qui de la Troupe A la Coupe;
De Nôtre Sur-intendant,
Benjamin ton Sac là cache Qu'on l'attache,
Son Larcin eſt évident.

ſes Frere à Ioſeph.

Monseigneur, ce cas funeſte, Manifeſte,
Nos crimes les plus cachez,
Prononcez Nôtre Sentence La potence,
Eſt trop peu pour nos pechez.

Ioſeph.

Retournez à vôtre terre, je n'enferre;
Que celuy qui ma volé,
Eloignez vous de ma face Point de grace,
je veux qu'il foit décollé

Iudas.

Si vous voulez qu'il endure Ou qu'il meure;
Otez nous la vie à tous;
Nous nous offrons en victime pour fon crime,
Proſternez à deux genoux.

Ioseph.

Soyez tous en affurance Ma prefence,
Ne dois plus vous effrayer,
Ie fuis jofeph votre Frere Que mon Pere,
Viennent à moy fans dilayer.
« Vous vouliez m'ôter la vie, Par envie,
Si Ruben vous l'eût permis,
Mais je n'ai point de rencunne, Ma fortune ;
Me laiſſe doux & foûmis.

fes Freres.

Nous voici tous bouches clofe Aucun n'ofe
Vous demander fon pardon,
Si Vôtre mifericorde Nous l'accorde,
Ce fera par un pur don.

Ioseph.

De bon cœur je vous pardonne je vous donne
Pour figne un baife de Paix,
Par un coup de providence, Vôtre offence,
M'a conduit dans de palais.
Allez Racontes l'Hiſtoire de ma gloire,
A Nôtre aimable Vieillard ;
Venez tous en diligence, je ne penfe,
Qu'à vous faiie bonne part.

Benjamin.

Ceffez cher pere de pleindre Et de craindre,
Vôtre jofeph n'eſt point mort
Il à joins à les careffe, Ses l'argeffe,
Il m'a reconnu d'abord.

fon Pere.

Me repais tu d'un menfonge Ou d'un fonge,
Qui paffe comme le vend ?
je ne fçai fi ie fomeille, Si je veille,
Quoi ! mon jofeph eſt vivans.

fes Freres.

Chargeons Femme, Enfans, Menage & bagage
Sur les plus legers Chevaux,

Allons trouver Nôtre Frere, Mon cher Pere;
Allons finir nos travaux.

Ioseph.

Roy du Ciel en qui j'espere j'ai mon Pere ;
Je ne souhaitte plus rien,
Embrassez moi Pere aimable, Venerable,
Dieu ma fait vôtre soûtien.

son Pere.

Cher joseph je vois ta fasse, je t'embrasse ,
je me sens tout attendri ;
j'ay ce que mon cœur désire, Que j'expire,
je suis contens de mourir.

REFLEXION.

Aimer autant que toi-même Un qui t'aime,
Ce n'est qu'un simple rétour.
Mais lorsqu'on te désoblige Qu'on t'afflige,
Montre un veritable Amour.
Ouvre mes yeux & contemple , Cet exemple,
De joseph persecuté
Il fait ce que tu dois faire, Pour ton Frere,
Lorsqu'il t'aura maltraité :
Faut-il que ton cœur marchande,
Dieu Commande,
Le pardon des ennemis,
C'est par la que tu t'acquittes, Et Mérites ;
Les biens qui te sont promis.

DE JUDITH.

Sur l'Air ; Je suis un Prince bien - heureux. &c.

HOLOPHERNE.

QUEL Est ce peuple plain d'Orguëil , ;
Qui se prepare à se défendre,

Je m'en vais le mettre au Cereuëll,
S'il ne se dispose à se rendre,
Quel est son Dieu, quel est sa loix,
Pour ne point ceder à Mon Roy.

Achior.

Ce peuple adore un Dieu puissant,
Qui fit de Rien tout ce grand Monde,
Un seul d'entre'eux en défait cent,
Lors que sa grace le seconde:
Ils sont gens pour vous renverser,
Si vous tantez de les forcer.

Holopherne.

Tu parle comme un insolent,
je veux sans mercy qu'on te lie,
Va m'attendre au combat sanglant,
Qui doit tout perdre en Bethulie?
je jure qu'avec tes Hebreux,
Tu souffriras des maux affreux.

Achior.

Ah! pauvre peuple il faut mourir,
Des mains cruelle d'Holopherne,
Priez Dieu de vous secourir,
Que chacun de vous se prosterne:
Il à juré d'un ton altier:
Que vous n'auriez point de quartier.

Iudith.

Dieu de bonté : Roy tout puissant,
Ayez pitié de ma patrie,
Ne souffriez pas que l'innocent,
Soit conduit à la boucherie:
Frapez tous ces Assyriens
Comme les fiers Egyptiens.

Leurs lances & leurs javelots,
Brave le Ciel, la Terre & l'Onde,
j'en pousse de tristes sanglots,
Dans une Humilité Profonde ;

Je vous prie, exaucez mes pleurs,
Et detournez tant de Malheurs.

Voudriez-vous que ces inhumains
Vinssent prophaner nôtre Temple,
Faites-les tomber sous vos mains
Pour servir à jamais d'exemple.
Vous n'avez pas besoin du fer,
Pour les abîmer dans l'enfer.

Que ce superbe Colonel,
Qui met son espoir en ses forces,
Nage dans son sang criminel,
Par mes innocentes amorces:
Mon Dieu mon tout, protegez-moi,
Pour être fidelle à ma Loi.

Qu'au sortir de quelque repas,
L'excés du vin fameux l'entête,
Et que son propre coutelas
Me serve à lui trancher la tête;
Vous pouvez de ma foible main
Executer ce grand dessein.

Donnez le Conseil à mon cœur,
Donnez la parole à ma bouche,
Donnez à ma main la vigueur,
Puisque cette affaire vous touche:
Faites enfin connoître à tous,
Quil n'est point d'autre dieu que vous.

Servantes aportez mes bouquets,
Mes parfums, mes pendant d'oreilles,
Mes beaux habits, mes affiquets,
Je veux me parer à merveille:
Le Seigneur sçait que j'ai pour but,
De tout son peuple le salut.

Mets dans un sac tous nos besoins,
Pous vivre au Camp une semaine,
Laissons à Dieu nos autres soins,
Allons ou son esprit nous mene.

N

Quand on ne cherche rien que lui ?
On l'a pour guide & pour apui.

O grand Prêtre ! à qui pensez-vous ?
Changez d'avis, je vous suplie,
Voudriez-vous livrer à des loups,
Le cher troupeau de Bethulie,
Il faut préférer l'ame au corps,
Et pour Dieu souffrir mille morts.

Vous proposez qu'après cinq jours,
Il faudra ceder & vous rendre,
Si Dieu ne vous donne secours,
Contre ceux qui veulent vous prendre :
Quelle est vôtre témerité ;
Dieu ne veut point être tenté.

Pour mettre à bas vos ennemis,
Prenez la haire pour vos armes,
Priez avec un cœur soûmis,
Junez & répandez des larmes,
Vous les vaincréen peu de tems,
Si vous êtes vrai pénitens.

Eliachin, consolez-vous,
Prêtre sacrés, prenez courage ;
Je veux pour le salut de tous,
Entreprendre un petit voyage,
Adieu donc, mon cher peuple, adieu
Prosternez-vous tous devant Dieu.

Les Prêtres & les Magistrats.

Nous allons offrir au Très-haut
Mille vœux pour vôtre entreprise,
Helas ! si l'on donnoit l'assaut,
La Ville seroit bien-tôt prise :
Brave Judith prenez en soin,
Nos ennemis ne sont pas loin.

Les Sentinelles des Ennemis.

D'où venez vous rare beauté,
Quel sujet present vous engage

A prodiguer Vôtre santé?
Dans un si penible Voyage,
Vous pouriez vivre sans soucy:
Que venez-vous chercher ici.   *Judith.*

    Je viens chercher à me sauver,
D'un desastre qui nous ménace.
Mon peuple pense à vous braver,
Et moi je pense à trouver grace:
    Pourrai je bien, sans prendre mal,
Parler à vôtre General.

                    Les soldats.
    Madame ne vous troublez-pas,
Personne n'osera vous nuire,
Marchez sans crainte sur nos pas;
Nous allons tous vous y conduire,
Dès qu'Holopherne vous verra,
Vôtre beauté le charmera.

                    Judith à Holopherne.
    Bras de Nabuchodonosor,
Rempart de toutes la Syrie?
Je voudrois une bouche d'or,
Pour vous loüer sans flaterie,
Mais l'éclat vif de vos splandeurs,
M'abat aux pieds de vos grandeurs.

                    Holopherne.
Rassurez-vous ne tremblez pas,
Mes yeux vous ayant aperçûë,
J'ay trouvé sur vous tant d'apas.
Que mon cœur s'est pris par la vûë;
De grace donc, relevez-vous,
C'est moy qui dois être à genoux.
    Belle Judith, déclarez-moi,
Le sujet qu'ici vous amene,
Je vous proteste sur ma foi,
Que je vous tirerai de peine;
Mon cœur est devenu captif;

Le vôtre sera-t'il craintif ;

        Judith.

Grand Général, dès que j'ai vû ;
Le crime noir de Bethulie ,
Bien loin d'y donner mon aveu ,
Ma fuite à blâmé fa folie ;
Et j'ai crû que vôtre bonté ,
Mettroit ma vie en feureté.

  je fçai quelle est vôtre valeur ;
Et vôtre invincible puissance ,
je fçai quel feroit vôtre malheur ,
Si je manquois d'obéïssance :
Mais je fçai que les gens de bien ,
Trouvent en vous un prompt foûtien.

  Cependant je vous fais fçavoir ,
Que nôtre nation rebelle ,
Manquant vers vous à fon devoir ,
Dieu même s'irrite contr'elle :
Grands & petits font aux bois ,
Ils n'ont ni cœur , ni main , ni voix.

  Ils font à la foif , à la faim ,
Ils vont boire le fang des bêtes ,
je pourrai vous prêter la main
Pour les unir à vos conquêtes ,
je fçai les endroits du Païs ,
Et comme ils feront envahis-

        Holophernee

Madame : je fuis tout charmé
De vôtre éloquence profonde ,
Vous avez feule défarmé ,
Celui qui brave tout le monde
De grace , fans apprehender ,
Commencez à me commander.

        Judith.

Mon cher Seigneur , accordez-moi
Que je vive avec ma Servante ,

Des viandes que permet ma Loi ;
j'én ferai beaucoup mieux portante :
Qu'on me laiſſe aller en tous-lieux ;
Lors que j'irai prier mon Dieu.

     Holopherne.

Allez & de jour & de nuit,
A travers toute mon Armée,
Vous porrez vôtre ſauf conduit ;
Regnez, ô beauté bien-aimée ?
Qui vous fera le moindre tord,
Saudain ſera puni de mort.

Entrez, Madame, entrez ici,
Venez voir mes tréſors immenſes,
Ce ſeront vos tréſors auſſi,
Gardez la clef de mes finences,
je m'en vais dreſſer un Edit,
Qu'on laiſſe aller par tout judith

Vagao prépare un banquet,
Pour tous les grans de mon armée,
J'eſpere que par ton caquet,
Judith ſera bien-tôt charmée,
Va lui dire, & dépêche toi,
De venir ſouper avec moi

     Vagao à Judith.

Madame vous avez gagné
Les bonnes graces de mon Maître,
Vous avez vû qu'il a daigné,
juſqu'ici le faire paroître?
Son cœur ne vous réfuſe rien;
Vous avez en main tout ſon bien.

Il faut donc uſer de retour,
Pour marquer de reconnoiſſance,
Il faut répondre à ſon amour,
Par une prompte obéïſſance,
Il vous veut prés de lui ce ſoir :
je viens vous le faire ſçavoir.

Judith.

Monsieur ce que Vous m'aprenez
Surpasse toutes mes attentes,
j'irai puisque vous l'ordonnez,
Me joindre au rand de ses servantes
Ce sera pour moi trop d'honneur,
Que de servir un tel Seigneur.

Vagao.

Gardez-vous de placer si bas
Vôtre vertu, Vôtre noblesse,
Mon Maître entend qu'en ce répas
Vous lui teniez lieu de Maîtresse:
Pour bien obliger sa bonté,
Prenez un siège à ses côtés.

Judith à Holopherne.

je n'attendois pas, Monseigneur
D'être ce soir à vôtre table?
je vois bien clair que votre cœur,
Brule d'un amour veritable?
je vais donc m'asseoir sans façon
Entre vous & votre Echanson.

Holopherne.

je prend un singulier plaisir
De vous voir prendre cette place;
C'étoit là mon plus grand désir,
Vous m'obligez de bonne grace:
Mangez, buvez à vôtre gout,
je m'en vais vous servir de tout.

Judith.

Il ne faut point de complimens
Pensez a faire bonne chaire,
Mangez, beuvez gaillardement,
Vous entendez à le bien faire,
Mais trouvez bon qu'en ce festin
je ne gonte point votre Vin.

Holopherne.

Nous allons du moins buire a voûs
Avec tous nos braves Gendarmes
jufqu'à ce que nous foyons fouls,
Il faut faire fêté à vos charmes ?
Beuuvons , Meffieurr à la fanté
De cette charmante beauté.

.*Iudith.*

Voici, Vagaó , le vrai tems
D'aller répoïes votre Maitre ,
Mes vœux font à demy contens
j'en benir l'hôteur de mon être
Gouvrez le bien de fes linceuls
Et nous laiffez ici tous feuls.

C'eft à prefent , Dieu de mon cœur ;
Que j'attens de vous la Victoire,
Rendez , rendez mon bras vainqueurs,
je ne prétend que votre gloire
Si vous n'affermiffez mon bras ,
En vain je prend le coutelats.

j'ai mis en vous tout mon efpoir ;
Et ma foi n'eft point chancelantes
Montrez votre divin pouvoir
En votre chetives Servantes
Tranché d'un feul coup par ma main ;
La tête a ce monftre inhumain.

Chere Servante aproche toi ,
Cache dans ton fac cette Tête.
Ne tremble point viens après moi,
Dieu feul conduit cette défaites ;
Laiffons ces pourceaux endormis ,
Le paffage nous eft permi.

Ouvrés mes chers freres ouvrés ;
Le tout puiffant à fait merveilles
Sa vertu nous a délivré ,
Par des addreffes nonpareilles ;
Il a fait voir qu'un pur néant

Peut avec lui vaincre un Geans,
  Sa main puissante à contenté
De tous mes désirs l'étenduë
Le fier Holopherne est dompté
Voyez sa Tête ici penduë ;
Voyez le Pavillon brillant
Du lit pompeux de ce vaillant,
  j'appelle les Cieux à Temoins ;
Que mon Ange m'a gardé pure,
Et qu'il ma corduit avec soin,
Sans qu'on m'ait fait aucune injure ;
Rendons lui tous   d'un tel bonheur,
Gloire ? loüange & tout honneur.

                    Ozias.

F judith , Vous êtes aujourd'hui ,
Des Femmes la plus glorieuse ,
Le Ciel s'est rendu Nôtre appuy
Par Vôtre main Victorieuse ,
Tous les Hommes vous loüeront ;
Tant que les Siécle dureront.

                    Judith.

  Mon cher Achior , la connois - tu
Cette Tête sanglante & Pâle ,
Elle est d'Holopherne abattuë
De ce brutal Sardanapale ;
  Ne veut - tu pas rentrer en toi ;
Et te soumettre à Notre Loi.

                Achior.

  Madame , je crois Votre Dieu ,
Tout bon , Tout Saint , Tout Adorable ;
je le crois present en tous lieux ,
Lui seul est le Dieu veritable ;
je n'ai garde de m'endurcir ;
je suis prêt à me convertir
  jettons - Nous sur Nos ennemis ;

Judith.

Allons poursuivre ma Conquête ;
Ils sont presque tous endormis.
Eveillons-les par une Trompette :
Feignons de vouloir les bloquer,
Pour avoir lieu de les choquer.
  Dés qu'ils verron le coutelas
Qui du Sang de leur chef dégoutes,
Les cris horribles des Soldats
Mettront tout leur camps en deroute,
Trompette sonnez le combat ;
Que châcun se montre soldats.

Les Sentinelles.

  Vagao ? va-t'an réveiller,
Le Général de nôtre Armée.
Dis lui qu'il nous faut batailler ;
Que l'avant-Garde est allarmée ;
Dis lui qu'on est prêt qu'à demi
Pour faire tête à l'ennemy.

Vagao.

  Grand Colonel reveillez-vous,
Il est tems de donner bataille,
Voici l'ennemi dessus Nous ?
Qui nous tuë & qui nous taille ;
Hélas, que vois-je juste Cieux !
Je n'ai qu'un tronc devant les yeux.
  Ah ! chers amis, quel coup fatal,
Judith par sa fine conduite,
A décolé mon Général,
Tout est perdu prenons la fuite ?
Sauvons-nous du Dieu d'Israël,
Qui nous remplie d'un deüil mortel.

Le Pontife & les Prêtres de Jerusalem.

  Vive Judith ; qu'on Crie Amen,
Vive cette chaste Princesse ?
La gloire de Jerusalem,

De tout Ifraël l'alegreſſe ;
Vive ſon bras victorieu ,
Par qui Dieu ſe rend Glorieux ;　　　Iñdit
　Montons à la Sainte Cité
En Chantant mon Nouveau Cantique ;
Loüons le Dieu de Majeſté ,
Offrons-lui nos vœux en Muſique
Il faut le ſervir déſormais ,
Avec ferveur plus que jamais.

SUSANE.

Sur l'Air ; Amarilis , Vous êtes Blanche & Blonde , &c.

L'un des Vieillard.

C'EST Trop cacher mon Amoureuſe ſâme
　C'eſt trop cacher de mon mal la Rigueur ,
Je veux t'ouvrir le ſecret de mon Amé ,
Et déclarer le tourment de mon Cœur :
Suſanne m'a bleſſé , j'ai honte de le dire ,
Ses attraits languiſſant , font mon Martyre.

L'Autre.

J'en ſuis épris auſſi - bien que toi - même ,
Tant de beautez exite mes ſoupirs ,
Puis que t'on cœur cherit celle que j'aime ,
Efforçons nous d'apaiſer nos deſirs ;
Entron dans ſon jardin a'on tous deux l'atëdre
Nous nous tiendrons cache pour la ſurpredre.

Suſane à ſes ſuivantes.

Sortez d'ici chere filles ſuivantes ,
Allez querir de l'Huile & du Savon ,
Fermez la porte & Sayez diligentes ,
Je vous attend deſſous ce pavillon :
je veux laver mon corps dans ce bain toute feule ,
Et moderer un peu ce chaud qui brule.

Les deux Vieillard.

Nous voici feuls Sufane bien - aimée,
Nous voici feuls en toute liberté,
Sois fans regret , châque p*r*te eft fermée ,
Soûmetz - ton cœur à Nôtre volonté .
Si tu ne condéfcent à nous tôt fatisfaire !
Nous allons t'accufé comme adultaire,

Sufane.

O jufte Cieux ! à quoi fuis-je réduitte ,
De toute part je ne vois que dangers ,
Je ne puis plus me fauver par la fuitte ,
Ces deux vautours ont fermé le Vergé ?
Je n'ai que mes fenglots & mes p'eur pour remede
Je veux pourtant crier , à l'aide, à l'aide.

Les Vieillards.

Tous tes fanglots & toutes tes allarmes ,
Ne te fçauroient délivrer de nos mains ,
Retiens tes cris : ne verfe plus des larmes
Nous prétendons d'accomplir Nos deffeins ;
A quoi bon t'opofer , pefe Nôtre Puiffance ,
Et préfere à la mort l'obéïffance.

Sufane.

Si je m'opofe à vos défirs infames ;
je le vois bien , Vous tramerès ma Mort :
Si j'y confens , je merite les flames ,
Qui des damnez font le funefte fort ,
Mais malgré vos fureur je veux vivre fans crime
Que chafte aux yeux de Dieu je fois Victime.

Les Vieillard.

Ah ! Serviteur ; Venez tous courez vite ,
Vôtre Maîtreffe à foüillé ce jardin ,
Garottez bien cette Femme Hipocrite ,
Elle a trompé fon Epoux joachin ;
Nous tenions fon galant en démandant main
forte ,
Mais il s'eft échapé par cette porte.

Les Servantes.

Qu'il l'eut pensé qu'elle eût commis de crime
Nous Confessons à vos pieds qu'elle à tort,
Nous en avions une si haute estime,
Et cependant elle est digne de mort ;
Mais de grace, Messieurs, donnez une Sentence
Qui signale aujourd'hui Vôtre clemence.

Les Vieillard.

Que sans délai cette Femme infidelle,
Soit lapidée à cinq cens pas d'Ici
Faites-là donc paroître en criminelle,
Et que pas un la prenne a mercy ?
Montrez la tous au doigt l'adultere publique
Et ne l'apellez plus qu'une impudique.

Ses Parens.

Helas ! helas ! qu'avez-vous fait Susane,
Vous d'ffamez toute Nôtre Maison,
L'autorité des juges vous condamne,
Chacun nous dit qu'ils ont juste raison,
Quelle honte pour nous, qu'on vous traine
        au suplice,
Au milieu des Archers de la justice.

Susane.

Dieu de mon cœur qui voyez toute chose,
Et de qui seul j'attends tout mon apuy,
Si j'ai commis le crime qu'on m'inpose,
Me voici Prête à mourir aujourd'hui.
Mais vous sçavez Grand Dieu qu'elle est mon
        innocence,
Et que je ne perds point vôtre prèsence.

Daniel.

Grand & petits, oyés ma voix tonnante,
En quel peché vous precipitez vous,
Vous condamnez une Femme innocente,
Au seul raport de ces avides loups :
Allons les separé pour voir dans un quard'heure

Que tout ce qu'ils ont dit n'est qu'imposture.

Les plus sages du Peuple à Daniel.

Mon cher Enfant nonobstant ton bas âge,
Nous te croyrons plus que ses hommes faits
Fais-nous donc voir par leur faux témoignage,
De ces vieillards les horribles forfaits :
Confond ces Imposteurs, & délivre Susane,
Que l'on tenoit déja pour courtisane.

Daniel à un des Vieillards.

Tison d'enfer, engeance de Vipere,
Sale imposteur, dis-nous à quel endroit,
Cette innocente à commis l'adultere ;
Declare-nous sous quel arbre elle étoit
Reponds sans chanceller abominable juge,
Tu n'as plus que la mort pour ton réfuge.

Le Vieillard.

Elle à commis ce detestable crime,
Au côté droit sous un grand cerisier :
Si je vous mens, que le démon m'abime,
Au plus profond de l'éternel brasier,
je suis digne de foi, croyez ce que j'avance,
Mes propres yeux ont vû son impudence.

Daniel.

Ah ! faux Vieillard, exécrable parjure,
Tes saletez ne te suffisant pas ?
Tu joins encore le mensonge a l'ordure,
Tu veux noircir ton cœur jusqu'au trépas :
Ministre de satan, tes noires calomnies,
Et tes impureté serons punies.

Le même à l'autre Vieillard.

Et toi brutal tout rempli de malice,
juges pervers, infame chicaneur,
En quel endroit Susane & son complice,
Et sous quel arbre ont-il perdu l'Honneur,
Tu ne sçai malheureux, tu ne sçai que répondre
Lorsque tu me vois prêt pour te confondre.

Le Vieillard.

Un Prunier verd tout contre une cabane,
A côté gauche est cet horrible lieu,
Où j'ai surpris le complice & Susane,
Lorsqu'en plein jour tous deux offensoient Dieu
Je jure avec serment comme juge équitable,
Que ce que je vous dis, est veritable.

Daniel.

Tu mens, cruel, tu mens : juge perfide,
Chacun connois t'on infidélité,
Va méchans juge, il faut qu'on te lapide,
Pour bien punir ton impudicité ;
Cher Enfans d'Israël, assommez ces infames,
Susane est le miroir des chastes Dames.

Tout le Peuple.

Loüange, honneur, Vertu, salut & gloire,
Soit au Seigneur en terre & dans le Ciel,
Que de Susanne on chante la Victoire ;
Et la Vertu du jeune Daniel ;
Conjouïssons - nous tous avec Vôtre Amazonne
Et cherchons des Léuriers pour sa Couronne

REFLEXION.

Instruisons-nous par cette illustre Femme,
A Respecté Dieu present dans Nos Cœurs,
A Resister à ce qui soüille l'ame,
A Bien souffrir de nos persecuteurs,
Mais apprenons sur tout au fort de nos souf-
    frances,
De fonder en Dieu seul Nos esperances.

A l'Honneur de Saint Alexis, Sur
l'Air, Dépuis long-tems qu'en
segret je vous aime.

PEUPLE Chrétiens Chanté un Nou-
veau Cantique,
Pour exalter Alexis l'inconnu,
Qui mene en terre une vie Angelique,
Et qui pour Dieu très-pauvre est dévénu,
Qui dix-sept est témoins des régrets,
De tous les siens sous leurs propres dégrès,
Et qui sans cesse,
Par leur malice,
Souffre en son cœur mille combats divers ;

❧

Le même soir qu'Alexis se Marie,
Dieu l'appellant il brise ses liens,
Sur le menuit il sort de sa Patrie ;
Et sans mot Dire il quitte tous les siens ;
Il se déguise & va sur un Vaisseau,
Ayant donné la Ceinture & l'Aneau :
A l'Epoulée,
Martirisée,
Du seul désir de voir l'Epoux Nouveau,

❧

Dès le Matin chacun est aux allarmes,
Ne sçachant point qu'est devenu l'Epoux ;
Il n'est aucun qui ne verse des larmes,
Tout le palais est sans dessus dessous ;
Euphemien dépeche en même tems,
Tous les Couriers qu'il connoit diligent :
Tous se tracassent,
Mais tous se lassent,

Courant en vain les Villes & les Champss

Iesus en qui Nôtre Alexis espere,
Déviens par-tout son guide & son appuy,
Les dépêche de la part de son Pere,
Sans le connoître ont tendresse pour lui,
Et de ses biens lui font la Charité,
Dont il Benit de *JESUS* La bonté,
    Et par la grace,
    Il suit sa trace,
En imitant sa Sainte pauvreté.

Le Sacristain de l'Eglise d'Edesse,
Par Ordre exprés de la Raine des Cieux,
Ouvre la porte avec grande alegresse,
Pour faire entrer ce Pelerin pieux,
Mais aussi-tôt que Marie à parlé
Recommandant cet illustre exilé,
    Il se retire,
    Car il n'aspire :
Qu'à vivre abjet, petit & Recelé.

Tandis qu'il croit d'aller en Cilicie,
La Providence en dispose autrement,
Par la Tempête il vient au Port d'Ostie,
Au même endroit de son Enbarquement,
Si-tôt qu'il est en ce fortuné Port.
Dieu rend son Cœur & plus Humbles & plus
    fort :
    Et ce grand Homme,
    Retourne à ROME,
Pour s'immoler chez soy jusqu'à la Mort.

Que fera-t'il cet Athlete admirable ;
Craindra t'il point l'abord de son Palais,
Sera-t'il fort pour vivre & mourir stable,
Auprês des siens & de tous leurs Valets ;
N'en doutons point, laissons, laissons aller,
Tous ses Parens ne sçauroient l'ébranler,
    Ni par leur charmes,
    Ni par leurs larmes.
Son cœur constant ne sçauroient chanceller,

Entrant dans Rome il voit dans une Ruë,
Euphemien tout accablé d'ennuy :
Dieu l'animant, sans crainte il le saluë,
Et lui demande un petit coin chez lui,
Son pere helas ! consent à le loger,
Et recevant son fils comme étranger ?
    De bonne grace.
    Le prend, l'embrasse :
Et lui promet qu'aux siens lui fera chair.

Le voila donc dans sa chere patrie ?
Sous l'escalier de son propre Palais,
Où jour & nuit il jeûne ; il veille, il prie ;
En joüissant d'une profonde paix,
Il couche à terre & se croit trop heureux,
D'être chez soy sous un habit de gueux,
    Son ame sainte ;
    Souffre sans plainte ;
Jusqu'à la fin les maux les plus affreux.

Mais cependant son aimable Olimpie,
Qui le croit loin l'ayant auprés de soy,
Passe en soupirs sa languissante vie,

P

Lui reprochant qu'il à trahi sa foy ;
Elle gemit & Pleure amerement
Son chaste époux qu'elle aime tendrement ;
    Et demy morte,
    Elle l'exhorte,
A venir tôt soulager son tourment.

Ah! lui dit-elle, ah je meur de tristesse ;
Reviens à nous, change au p'û ôt d'av s ;
Viens adoucir la douleur qui nous presse,
Donne la Vie à ceux par qui tu vis :
Que t'ont-ils fait ta Femme & tes Parens,
Pour les laisser souffrir un si long tems,
    Ame insensible ?
    Est-il possible,
Que les malheur te soient indifferens.

Cœur déloyal entent mon cœur fidelle ;
Cœur inhumain pourquoi tant de rigueur
Pense- tu bien que mon ame chancelle,
Et que ta fuitte ait fait change mon cœur :
Epoux ingrat ayant reçû ta foi.
Je ne sçaurois aimer autre que toi,
    je suis la meme,
    Toujours je t'aime ;
Mon cœur est le tien, ton cœur doit être à moi.

Vient cher Epoux ou bien fais que je sçache
En quel endroit mes yeux te pourroient voir
Déclare moi le recoin qui te cache,
Rend à mon cœur cet innocent dévoir,
Connois au moins que tu m'as fait grand tort
De m'épouser pour me quitter d'abord,

Ta seule absence,
Fait ma souffrance;
De toi dépend ou ma vie ou ma mort.

❁

Je ne sçai plus qu'est-ce que je puis faire,
Pour appeller mon epoux qui s'enfuit;
Rien dici bas ne sçauroit me diftraire,
Son souvenir fans cesse me pourfuit,
O jufte Cieux s'inftruisez Alexis,
De mon amour & de tous mes foucis,
De mes tortures,
De mes prefures;
Qui toucherois des cœurs trés endurcis,

❁

Irai-je point aux quatre coins du monde,
Chercher lobjet de mon plus tendre amour,
Irai-je point errant & vagabonde,
Le demander & de nuis & de jour;
Non, non; mon ame, il n'eft pas à propos,
Cherche Dieu feul feule en cet enclos?
Souffre l'orage,
Avec courage,
Pleure, gemis & poufle des fanglots.

❁

Par un tranfport cette Epoufe affligés,
Dit en pleurant à cet homme parfait,
Je te feray grandement obligé,
Si tu me fuis au deffein que j'ay fait?
Mon bon ami, de graffe enfayons nous,
Allons tous deux chercher mon cher époux,
je prend la fuite,
Viens à ma fuitte,
Ah! je me meurs fi tu ne t'y réfouds.

Saint répond à cette chaste Amante,
Arrêtez-vous, car je ne suis pas.
A ce refus toute triste tremblante,
Elle se pâme & tombe entre ses bras,
Le Saint alors d'effroi, transi, & pâle
Crie, Olimpie, Alexis est ici;
            Saudain la Dame;
            Reprend sa ame,
Ses cris, ses pleurs & son amer souci.

❦

Helas! dit-ell: au lieu que tu m'affistes
A rechercher mon époux endurcis,
Semblable à lui sans sujet tu m'atristes,
En me disant qu'Alexis est ici.
Je vous l'ai dit, répart le Pelerin,
Pour vous servir de sage Medecin,
            Vous ayant vû
            Blême âbattuë,
Et presque morte en ma tremblante Main.

❦

Cent & cens fois elle embrasse sa Mere,
Et l'ame triste & le cœur attendri,
Elle lui dit, allons avec mon Pere,
Allons chercher Alexis mon Mary,
Elle à chez soy l'objet de ses appas,
Elle le voit & ne le connois pas,
            Elle l'écoute,
            Sans qu'elle doute,
Qu'il soit celuy qui cause son trépas.

❦

Durant le tems que cette illustre Dame,
Auprés du Saint soulage un peu son cœur,
Nôtre Inconnu sent au font de son ame,

Nouvel Amour & Nouvelle douleurs ;
Et les yeux bas , il lui dit d'un ton doux ;
Ma bonne Dame , Helas ! confolez - vous ;
    Ceſſez de craindre ;
    Et de vous plaindre ,
Dieu prendra ſoin d'Alexis Vôtre Epoux.

Euphemien & ſa Femme dolente ,
Vont à leur tour le voir de tems en tems ,
Sa compagnie eſt ſi fort conſolante ,
Qu'à ſon aſpeƈt ils ſont tous deux contens ,
Il les conſole avec tant de ſuccez ,
Qu'à chaque mot il les comble de paix ;
    Et l'amertume ,
    Qui les conſume ,
Les gêne moins tant qu'ils lui ſont auprés.

A chaque fois qu'ils diſcourent enſemble t
Du fugitif que chacun croit abſens ,
Ce chaſte Epoux qui gemit & qui tremble ,
S'offre en ſecret au trois-fois Tout - Puiſſant ,
Et d'un cœur humble il lui dit , O mon tout
Pour qui mon ame à la terre à dégoût
    Sans vous je cede ,
    Soyez mon aide ,
Pour trionpher de mon ſang juſqu'au bout.

Bon Dieu! dit-il? mon abſence déſole
Tout mes Parens qui cherche ou je ſuis ;
Il ne faudroit qu'une ſeule parole ,
Pour mettre fin à leurs mortels ennuy
Je voudrois bie ples pouvoir ſecourir ,
Mais vous laiſſant le ſoin de les guerir

Toujours sevete,
  A Pere & Mere,
Je meurs pour eux & les laissant mourir.

Tous les Valets le raillent, le rebutens,
L'apellent, geux, feneant & Vagabon,
Et ce grand Saint lorsqu'ils le persecutent,
Se tient en paix & jamais ne répond,
Il veut que Dieu seul soit tout seul le témoins,
De tous les maux qu'il souffre en ce recoin,
    Plus il l'afflige,
    Plus ils l'Obligent,
A demander au Trés-Haut leurs besoins.

Lorsqu'il est mort une voix éclatente,
Dit de chercher le Serviteur de Dieu,
Qui va Regner dans la Cour Triomphante,
Pour secourir les Romains en sous lieux,
La voix redie que chez Euphemien,
On trouvera ce grand homme de bien
    Chacun s'avance,
    En diligence,
Pour aller voir de ROME le soutient!

Le PAPE ici met le genoux à terre;
S'adresse au mort; le prie avec respect!
De lui lacher l'écrit que sa main serre,
Pour faire voir au peuple ce que c'est,
Le Saint d'abord en étendant ces doigt;
L'ache l'écrit qu'on lit à haute voix,
    Et d'un cœur tendre,
    Ont fait entendre,
Son NOM, sa vie & ses diverses Croix.

Pendant ce jour son cher Pere & sa Mere,
Avec sa Femmes embrassant son cercüeil,
Chacun prend part à leurs tristesses amere
Mais nul ne peut faire cesser leur duëil,
On à beau faire & beau representer
Qu'au lieu te plaindre il est temps de Chanter
Le dur Martyre,
Qui les déchire.
Donne à tous trois sujet de l'amenter.

De toute part on ne voit que Miracle :
Le ladre est net le boiteux marche droit,
Le sourp entend par un rare spectacle,
Le muet parle & chaque aveugle voit,
Grand & petirs admirant la beauté,
Du Sacré Corps qui brulle de Clarté,
Chacun fait Fête,
Le PAPE en Tête ;
Louë en Chantant du Saint la Pureté.

Allez grand Saint plein d'honneur & de gloire
Allez briller au bien heureux séjour :
Et Triomphant d'une illustre Victoires
Brulez sans fin du feu du pur amour,
Vous avez fait un sujet de mépris :
Des vains objets qui trompent nos esprits,
Il est bien juste,
Romain auguste,
Que vôtre cœur possede un bien sans prix.

Obtenez-Nous qu'en méprisant le monde,
Les vains honneux, les faux biens, les plaisirs

Nous puissions voir la beauté sans seconde ;
Qui doit au Ciel remplir tous nos désirs,
Cher protecteurs de l'Empire Romain
Voyez nos maux & rendez-nous la main,
Brisez Nos Chaînes,
Et par vos peines,
Conduisez-Nous au bonheur Souverain.

CANTIQUES,

Sur le Dernier Jugement, de Nôtre-Seigneur.

TREMBLEZ, Tremblé Pecheurs,
Au jour épouventable,
Le Seigneur des Seigneurs,
Dans son Trône admirable,
Viens faire rendre Compte,
De tes Volupté,
Faudra rougir de honte,
De Nos iniquité ;

🌸

O jour rempli d'horreur,
O jour remplis de craintes,
Nous verrons le Sauveur,
Dans la Majesté Sainte,
Entre la Vierge Mere, & Saint Jean à gé-
nour
Lesquels feront priéres,
Incessamment pour Nous.

🌸

Quatre Anges sonneront ;
Hautement la Trompette,

Aux hommes crieront,
Le Grand Jugemen s'apprête,
Reprenez la lumiere, sortez des monumens,
En chair & en poussieres avec vos ossemens.

La Terre & la mer seront toutes enflamée,
Qui rendra même l'air & les arbres en fumée :
Tous les beaux édifice,
Et Palais des grand Roys,
Seront sans artifice, embrassez cette fois.

Dans le moindre des signals,
Les Forez & Campagnes,
Seront rendu égaux,
Les festins & les Densses,
Les pompes & les jeux,
Et toutes autres bonbanse,
Finiront par le feu.

Découvrez vos beautez,
Sans Fard ny artifice,
Quittez les vanitez,
La fraude & la malice,
Vôtre muse jusqu'à cet heure,
Ny superbe Habits,
Ne pouront chose sure vous mettre en Paradis,

Vous qui de vos Trésors,
Faites un Dieu au monde,
Vous recevrez alors Une angoisse profonde,
N'ayant de vos Richesses,
Vôtre Or ny Argent,

Fait aucune largesse,
Pour Dieu à l'indigens,
Ou Vous cacherez vous, Usuriers Misérable
Vous verrez en couroux Votre Juge équitabl
De trouver quelque excuse Ne vous faudra Pen
Car Satan plain de ruse viendra vous accuser.

Les meurtriers inhumains,
Bla'phemateur parjure,
Qui a Dieu & aux Saint,
Vomisse des injures;
Vous n'auriez point grace,
Mais livre dans les enfers,
Vous trouverez tout au fond des enfers.

Mais qui separera le bon bon avec l'injuste,
Saint Michel le fera
Archange Tres auguste,
Mettant à la fin dextres,
Les bons & les méchans;
Seront à la fenestre,
Iriez dans les tourmens.

Puis le Seigneur alors,
Dira méchantes âmes,
Allez avec vos Corps,
Brûler dedans les flames,
De la mort éternelle,
Souffrir à tout jamais!
La peine criminelle,
De vos mauvais forfaits,

Venez vous tous élus,
Joüir de l'heritage,
Que mon pere de plus,
Vous donne en partage,
Couronné de Victoire,
Ainsi que biens-heureux,
Joüissez de la gloire
Du Royaume des Cieux.

CANTIQUES,

Sur la Passion de Nôtre-Seigneur,

JESUS-CHRIST.

Sur l'Air : Ma Maîtresse à des Charmes.

O Ames Pecheresses fondez en pleurs,
Ecoutez les angoisse & les douleurs,
Que Jesus-Christ endure par amment,
Pour nous faire ouverture du Firmament,

Il s'est mis de luy meme entres les mains,
Des Juifs plains de blasphême & inhumains,
Pour reparer l'offence de nos ayeuls,
Dont l'inobeïssance fermoit les Cieux,

Afin de nous remettre en liberté,
Le bon Jesus veut être à mort livré
Et d'une sainte envie devient mortel,
Pour nous donner la vie dedans le Ciel.

Le Souveur d'éhonta te Apprehendant ,
La mort dure & amere fut nuitamment,
Au jardin des Olives en Oraison,
Où judas y arrive par trahison.

Ce Miserable traître vins saluer,
Le bon jesus son Maitre par un baiser
Et aussi-tôt le livre là en grand tord,
Aux faux juifs qui désire le metre a Mort.

Lors sans misericorde & sans pitié,
Avec de grosse corde ils l'ont lié
Le frapant par les Roës en grande Rigeurs ,
Luy disant plus d'injure qu'à un Voleur.

Dévant Anne & Caiphe ils l'ont mené
Et devant le Pontife examiné
Puis après à Pilate ils l'ont conduit,
Voulant qu'à la mort il soit réduit.

Pilate leurs déclaré qu'ils auroient tord ,
Et qu'ils seroient barbare de le mettre à la mort
Par un injuste Arrest cruellement ,
l'Homme qui connois juste & innocens
Pilate qui désire les contenter,
Fit de telle maniére jesus foüetter.

Que son sang & outrance dessus sa peau,
Couloit en abondance comme un ruisseau.

Et comme douleur grande il leur montra,
Penfant qu'il fe contente de tout cela,
Mais las, d'une voix haute ils ont crié,
Voulons qu'il foit fans faute Crucifié.

❧

Pilate qui écoute de ces tirans,
Le courage farouche & méchans,
Dit ainfi fans demeure ô! Roy des Roys,
Il convient que tu meure fur une Croix.

CANTIQUES,

Sur la Mort & Paffion de Nôtre - Seigneur Jefus - Chrift.

Sur l'Air ; Vous m'entendé bien.

JESUS Mon unique Sauveur,
Je Vous fupplie de tout mon cœur,
D'Echauffer ma memoire de plus,
Pour chanter Vos Myftere mon divin Jefus.

❧

Jefus Fils de Dieu Tout Puiffant :
Incarné dans les chaftes Flanc,
D'une Vierge Adorable de plus,
Eft né dans une étable le divin jefus.

❧

Huit Jours après fut circoncis,
Et fut appellé JESUS-CHRIST,
Trois Roys humains & fages de plus,
ont venu rendre hommage au divin jefus.

❧

Jesus auparavant sa more,
Nous laissa le puissant Trésors,
La sainte Eucharistie de plus,
Pour nous donner la vie Mon Divin Jesus.

Jesus Christ débonnaire Agneau,
Au jardin sua sang & eau,
Lorsque Judas Traître de plus,
Baisa & fit connoître le Divin Jesus.

D'abord ces inhumains Boureaus,
Lont chargé de chaîne & Cordeaux,
Le menant chez Caïphe de plus,
Puis chez le grand Pontif le Divin Jesus.

Pilate avoit un grand remord,
De juger l'innocent à Mort,
Mais craignant son O hée de plus!
Condamna aux supplice mon Divin Jesus.

Jesus suprême Roy des Roys,
Luy même porta la Croix;
Sur le Mont du Calvaire de plus;
Présence de la Mere le Divin Jesus.

Jesus avant de rendre l'Esprit,
Pria pour tous ses ennemis,

Puis promis sans distraire de plus ;
Au bon Laron la gloire Le Divin jesus.

De la Croix il fut descendu ;
A sa Mere il fut rendu,
Fut mis dans un Sepulcre de plus ?
Dans un lieu assez muére. le Divin jesus.

Son Ame alla dans les Enfers,
Afin de délivrer dés fers,
Les Ames des Saint Peres de plus ;
Pour les mettre en sa gloire le Divin jesus.

Trois jours aprés Ressuscita,
Aux Deletios il s'adressa ?
Dit paix avec vous autres de plus :
Parlant à ses Apotres le Divin jesus.

Puis au bout de quarante jours ;
Il monta au glorieux sejour.
& est assis à la droite de plus,
De son pere Celeste le Divin jesus.

Les Apôtres en un même lieu ;
Esprit saint en langue de feu ·
Tomba dessus eux autres de plus,
Le jour de la Pentecôte. le Divin jesus.

Il doit au jour du jugement,
juger les Bons & les Méchans :
O ! jour Cruel & sombre de plus,
Jesus que Nous soyons du Nombre :
De tous Vos Elûs.

FIN.

VIVE JESUS ET MARIE

1044

www.ingramcontent.com/pod-product-compliance
Lightning Source LLC
Chambersburg PA
CBHW060816250626
47162CB00005B/1823